푸른사상 시선 182

안산행 열차를 기다린다

푸른사상 시선 182

안산행 열차를 기다린다

인쇄 · 2023년 10월 23일 | 발행 · 2023년 10월 28일

지은이 · 박봉규
펴낸이 · 한봉숙
펴낸곳 · 푸른사상사

주간 · 맹문재 | 편집 · 지순이, 김수란, 노현정 | 마케팅 · 한정규
등록 · 1999년 7월 8일 제2-2876호
주소 · 경기도 파주시 회동길 337-16(서패동 470-6) 푸른사상사
대표전화 · 031) 955-9111(2) | 팩시밀리 · 031) 955-9114
이메일 · prun21c@hanmail.net
홈페이지 · http://www.prun21c.com

ISBN 979-11-308-2106-1   03810
값 12,000원

전라남도   전남 문화재단

이 책은 전라남도, (재)전라남도문화재단의 후원을 받아 발간되었습니다.

푸른사상
시선

182

안산행 열차를 기다린다

박봉규 시집

푸른사상
PRUNSASANG

재치 있는 언어는
사람의 기분을 유쾌하게 만든다.
그런 사람 만나면 즐겁다. 그런 삶이 되고자 한다.

사람들 곁에 있을 때
노래는 흥에 겨웠고 나의 시는 생명을 얻는다.
작가의 길에서 한참을 벗어나
주변인의 삶을 살고 있던 전 시인에게
따뜻한 애정으로 시집을 출간케 한 조성국, 고재종 시인님,
시의 세상으로 떠나신 고(故) 이형기 선생님께 감사 드린다.

살다 보면
어찌할 수 없이
만나야만 하는 순간들이 분명히 찾아온다.
그러한 순간이 나에게 왔을 때
나는 어떤 모습으로 그 시간들을 마주할 것인가

팔순을 맞이하신 어머니,
선하신 아버님께 이 시집이 기쁨이 되었으면 한다.

2023년
박봉규

| 차례 |

■ 시인의 말

제1부 길을 묻는다

제2부   나의 청춘은 가난하였으나

제3부 높고 낮은 곳을 떠돌다

제4부 다시 봄

제1부

길을 묻는다

말하고 싶은 비밀

하루 종일 한마디 말도 하지 않고 지낸 날이 있다

너도 그랬니?

꿈에

사람이 꿈에 보인 날이면
하루 종일 마음이 어수선하다
일도 손 잡히지 않고
괜히
창밖이나 먼 하늘을 바라본다

사랑하는 사람이거나
또한 그렇지 않거나 살아가면서
잊고 지낸 얼굴이 꿈속을 드나든다는 것은
그만큼
외롭다는 뜻일 게다
어디에 있든지 잊히고 싶지 않다는 바람일 게다

사랑이었을까
곰곰이 생각해보다가
그리움일까 목젖에 걸린 가시 같은 것
사람은 많아도
내 사랑 하나 없어서

잊혀진 옛 사람이 마음을 두드린다

사람이

꿈에 보인 그다음 날이면

읽을 수 없는 암호들이 공중을 떠다닌다

옛사랑

스물다섯이었던가 그때

툭 던지기만 해도 시가 나오던 시절

그땐 참 행복했지 일 없고 돈 궁했지만

시 한 편 써놓고 행복해서 밤새껏

읽고 읽고 또 읽고 그러다 문득 생각나서

안산이나 부곡 잠에 취한 벗들에게

종알 종알 종알대다 보면

수화기 저편에선 뚜 – 뚜 뚜우

모르스 부호로 전파를 띄우며

상투적 표현이라느니 조화가 안 맞다느니

그때 사랑이었던가 스물다섯이었던가

툭 던지기만 해도 노래가 되었던 시절

혼자 불렀지만 저마다의 목청이 한 가지로 울려

그 거리 아카시아 때아닌 봄눈처럼 스크럼을 짜며

한참을 떠나온 요즘, 어쩌다 생각 나도

아름다운 시절 달려가 안기고 싶은 옛사랑

내 나이 마흔인가 사랑은 죽었는가

진눈깨비 흩날리며 그리운 사람들

하나 둘 시 속으로 걸어 들어와

주거니 받거니 제 가슴의 애증을 풀어헤칠 때

내가 취했는지 세상이 취했는지

자꾸만 술잔 속에 고이는 눈물인지 그리움인지

꾸역꾸역 처먹어도 한없이 배고픈 시절

길을 잃다

사람들은
가벼운 옷을 걸치고 거리에 나선다
종종걸음 치며
저마다의 일상에 숨 가쁘다
길가에 은행나무
가쁜 숨 몰아쉬며 헉헉거린다

무엇이
사람의 시간을 가난하게 하는 걸까
한 끼의 밥과
같이 나눌 한자락 마음 한 켠에 가둬놓고
아끼고 모으며
부대끼며 삿대질하며
사람의 꿈은 왜 나이 들수록 가난해지는가
바람이 지나간다
내 더딘 발걸음 재촉하며
나보다 앞서 그가 가는 곳은 또 어디일까

일상을 조그만 비껴 서면

상상이 되는 것을, 꿈이 되는 것을 모르는 걸까
모른 체하는 것일까
멀리서 보면
지나고 보면
하나의 풍경인 것들이
그물코에 걸린 아귀처럼 발버둥 친다
신호등 사거리
사방으로 열린 길에서 나는 길을 묻는다

철쭉에게 묻다

먼 길 떠나는 그대

그대 가시는 뒷모습 보며

저무는 꽃잎 앉은뱅이 철쭉꽃

핏빛 속앓이 끝내 내뱉지 못하고

기다리겠다는 수줍은 인사도 없이

지는 석양 품에 안고 붉게 타는 철쭉꽃

외사랑, 칡넝쿨 줄기로 마음을 동여매지만

그냥 보내기 싫다며 질끈 눈을 감아버리지만

눈을 감는다고 보고픔이 잊혀질꺼나

발목을 붙든다고 그대 돌아설거나

마음에 심한 병 그리움은 커져서

지나는 길섶에 차락차락 여우비를 뿌리고

그대 키 큰 나무 밑에 앉아 비 한 줄 그을 때

색동옷 뽐내며 춤이라도 추면 좋으련만

무정한 그대는 한번도 젖지 아니하고

지는 철쭉에 내 몸이 온통 물들어서

그대 가시는 길에 나는 앉은뱅이

울다 울다 지쳐 목젖이 자라고

웃자란 그리움에 몸이 타서 철쭉꽃
그대 어디쯤 등성이 높은 봉우리에서
발아래 철쭉이 무참히 피어나걸랑
고운 손길 휘저으며 한 번만 웃어주소
내 그 웃음에 화답하여 벌떡 일어서리니
외사랑 저 홀로 가고 지는 세월

기다리는 날

눈이 내립니다 나는 쇼윈도 이 층 창가에 앉아 성에 낀 겨울을 바라봅니다 사랑하는 사람 모두 떠나고 사랑받지 못한 사람 모두 떠났습니다 깃털 같은 웃음으로 활보하는 사람들은 가슴에 리본을 달고 골목길 모퉁이로 총총히 슬픔을 옮깁니다 아직은 해가 지지 않은 까닭에 서로의 팔짱은 굳건합니다 신호등이 바뀔 때마다 낯선 얼굴들이 등장하고 흑백영화처럼 아른거리고, 눈이 내립니다 슬픔으로부터 보호받지 못한 우리는 당분간 여행을 떠나야 합니다 기다림이 아쉬울수록 길은 멀겠지만 상처의 살이 돋아 눈꽃 필 때까지는 지루한 여행일지라도 계속해야 합니다 한 번 떠난 사람들은 발자욱이 남지 않고 두 번 떠난 사람들의 발자욱은 가슴에 묻히고 세 번 떠난 사람들은 다시 돌아옵니다 총총, 저들은 또 어디로 가는 걸까요

걷다 보면

걷다 보면 그리움 끊길 것이다 닿을 수 없는 길 되돌아서
고 잡을 수 없음을 버릴 것이다 어디엔가 박혀 있을 생채기
지금 울음 울지도 모르지만 울다 지쳐 녹슬었을지도 모르지
만 내가 다시 강에 서서 무심코 흔들릴 때 쿨룩거리는 기침
소리 몸살처럼 찾아올 것이다 걷다 보면 사랑 흔들릴 것이
다 흔들려 나부껴서 썩은 나뭇가지 벌레 먹은 잎새처럼 자
꾸만 흔들리고 흔들리다 지쳐 되돌아설 것이다 나는 믿나니
그리움이 토해내는 생채기 그 썩지 않은 눈물 뒤에 암기 같
은 무기가 숨겨져 있음을 걷다 보면 삶 지칠 것이다 지쳐 밑
바닥을 떠돌다가 봄날 언덕에 누울 것이다 튀어나온 앞니에
세상의 생채기 이빨에 끼인 살점처럼 붙들고 있다 버리고
버리며 한 자락 부표처럼 떠돌며 떠돌아도 나는 잊지 못해
내 살아온 날 버릴 수 없어 칭칭 고무줄로 동여매면 나는 썩
지 않는 그리움 끝내 되살아나 맑게 맑게 청아한 꽃잎으로
피어날 것이다

나의 외로움이 너에게

낯선 이에게서
내 이름을 확인하는 전화가 왔다
저장되어 있지 않은 연락처
낯선 음성의 그는
왜 나의 이름을 묻는 것일까

전파를 타고 울리는
마흔 중반의 칼칼한 목소리
월 1만 원 비용에 80세까지 보장이었던 것 같다
그는 살아가는 동안
질병에 걸릴 수 있는 수많은 확률을 이야기했고
나는 병도 사람 사는 것의 일부라며 눙쳤던 것 같다
목적은 있으나
대상이 없는 건조한 음성들이
몸의 혈관 어느 지점에 막혀 한 걸음도 나아가지 못했다

한참을 서성이며
길 잃은 말들이 돌멩이처럼 구르고 있다

나의 외로움이

당신에게 닿지 못하고

너의 고단함이 전파를 타고 나에게로 향했을 때

익숙하면서도 낯선 문장들은

끝내 서로에게 가닿지 못한 채

전깃줄 위 참새마냥 위태롭게 두리번거린다

목련꽃 그늘 아래서

어머니 말없이 앉아 계시는
토방 낮은 곳에서
이른 삼월의 목련꽃 흩날리고 있다
못 쓰게 된 칫솔과 거울과
작은 보시기에 한 아름의 염색약을 풀고
매듭 굵은 아버지의 손마디가 빠르게 움직인다

자식 여섯을 키우시는 동안
어머니는 내게 몇 번의 눈물을 보이셨다
아버지가 회갑을 맞이하시던,
막내 용규가 신병훈련소에 입소하던 그해
어머니는 한동안 병원 입원실에 누워 계셨고
흐드러지게 피어난 목련 꽃잎이
병실의 구석에서 초췌하게 떨고 있었다

어머니 말없이 앉아 계시는
토방 낮은 곳에서
하얀 목련꽃 툭 – 툭 떨어져 내린다

아버지의 거친 손톱 밑에는
씻기지 않은 염색약의 흔적이 남아 있고
나는
갑자기 젊어진 어머니를 바라보며
게으른 봄볕의 햇살 속으로 천천히 빠져든다

까치산역

2호선과 5호선을 잇는 환승역
서울시 양천구에 가면 까치산역이 있습니다
까치 많아 까치산역인지
아무 의미 없는 까치산역인지 알 수 없지만
그곳엔 날마다 사람들의 바쁜 걸음으로 분주합니다
서울의 외곽 지대와 도심을 잇는 갈아타는 곳
도시에 진입하는 사람들도 외곽으로 빠지려는
사람들도 모두가 그곳을 통과해야만 합니다
입시생이 있고 말단 회사원이 있고
병든 환자와 나이 든 노인들도 그곳을 다녀갑니다
정치가와 교수 치렁치렁한 스웨터를 걸친
거렁뱅이들도 까치산역을 다녀갑니다
이상한 것은 한 번 이곳을 거쳐간 사람이면
어김없이 다시 되돌아오곤 한다는 것이지요
저마다 제 가슴의 징표를 하나씩 새겨두고
어딘가로 떠나서 잊을 만하면 다시 찾아옵니다
2호선 신도림역과 5호선을 잇는 갈아타는 곳
누구도 막지 않고 아무도 붙잡지 않는

서울시 양천구 까치산역에 가면

꿈을 찾아 길 떠나는 새떼들의 몸짓이 있습니다

첫 시집이 출간되고

94년 자유문학으로 등단했던 흥식 형님
창작과비평사에서 아흐레 민박집이라는 첫 시집을 냈다
첫 시집이 출간되자 형님은
연락이 끊긴 지인들의 주소지를 찾아
일일이 봉투에 이름을 적어 시집을 보내셨다고 한다
기억 밖으로 떠돌던 스스로 밀려나버린,
오랜 세월을 거슬러 그 시절로 돌아가고 싶었을까
발송한 시집이 도착했을 즈음
세월의 기나긴 틈을 비집고 낯설게만
느껴지는 옛 음성들로부터 축하한다는……
언제 만나서 쓴 소주 한잔 하자는……
오랜 여운처럼 수화기를 붙들고 내내 고마웠단다
흥식 형님의 첫 시집이 출간된 지 한 달 무렵
신림동 '불타는 술집'의 나와 영덕 형님과 흥식 형님
서로가 술잔을 기울이며
아직 식지 않은 첫 시집의 여운을 안주 삼아 술을 마셨다
형님의 휴대폰은 더 이상 울리지 않았고
우리는 농 삼아 밀린 요금을 납부하라며 채근했다

불판 위에 타는 곰장어를 바라보던 흥식 형님

아흐레 민박집은 새벽까지 적막했고

우리는 술잔을 남겨둔 채 세월 속으로 향했다

유정이의 그림 여행

1

일곱 살 어린 유정이가
스케치북을 펼친다
팔레트와 붓
갖가지 물감을
마루에 펼쳐놓고
4B 연필로 스케치를 한다
하늘을 그리고
바람과 구름
색 입혀지지 않은 꽃나무에서
나비가 날아오르는 듯
솜털 구름 하나가
마당가 간짓대에 걸리고
유정이는 지도책에서 보았던
한반도의 얼굴을
작은 조막손으로 촘촘히 그린다
가끔 생각이 끊기는 듯
잇몸의 서툰 발음으로

낯선 지명들을 꼬치꼬치 묻는다

고흥 여천 군산
유정이의 고운 잇몸에서
한반도의
아름다운 길들이 튀어나오고
남해바다
한려수도의 물고기들이
햇살에 파닥거린다
나는
호랑이가 살았다는
지리산의 산맥을 이야기하며
유정이가
큰사람이 되기를 바란다고 했다
고개를 갸웃거리며
'큰사람'
능청스레 고개를 끄덕이는 유정이
곱게 땋은 갈래머리에

제비꽃 한 송이 꽂혀 있고

산유월 수월리

나는

삼촌의 옛집이라며

유정이의 그림에 살짝 끼워 넣는다

2

그림은

남도 길을 따라

항구도시에 닿는다

갈매기와 해풍 큰 파도를 넘어

유정이의 작은 돛배가

날렵한 갈치처럼 물살을 헤친다

뿌-뿌 뱃고동 소리

하늘빛 청아한 바다가

유정이 손끝에서

가쁘게 출렁이고

그물코에 걸리는 억센 사투리

품 좋은 아저씨가
새끼 고등어 한 마리를 건넬 때
손 잡지 못한 고등어가
재빨리 동해바다로 달아나고
아쉬운 눈길로
내가 입맛을 다셨을 때
눈빛을 흘기며
먼바다를 향해 손을 흔드는 유정이
유정이의 스케치북에서
작고 귀여운 물고기가
오랜 친구인 듯
꼬리를 흔든다

　　　3
숨찬 노루처럼
한밭벌에 닿았을 때
나는 유정이의 심부름으로
유리병의 물을 갈아야만 했다

제멋으로 섞인 물감으로
산과 강은
맑은 빛깔을 내지 못했고
얼룩진 팔레트에서
자꾸만 비끌린 색깔들이
덧칠해질 것만 같았다

잠시 자리를 비운 사이
도화지의 아래쪽에
작은 섬 하나가 그려져 있었다
짐짓 모른 체하며
무슨 꽃이냐며 물었더니
유채꽃 노란 웃음으로
멋쩍게 웃으며
'제주도'라고 한다

금강을 그리던 유정이가
갑작스레 묻는다

"휴전선이 뭐야"

나는 흠칫 놀라며
멍하니 한참을 당황했다
내가 적당한 대답을 찾기 위해
잠시 딴전을 피울 때
진천 보은 음성
아무 일 없었다는 듯
유정이는 그림을 그려 나간다
강을 따라 이어진 길에
붉고 노란 진달래 개나리 하늘방아꽃
꽃 이름 같은 사람들이
상행선 열차를 손 마중하고
유정이는 객차 칸칸이
옹골진 꽃씨들을 그려 넣는다
나는 자꾸만
유정이의 물음이 귓전에 윙윙거리고

4

평택 너른 들에 이르자

유정이는

비둘기호 열차를 그려 넣자고 했다

재빠른 손놀림으로

때아닌 계절에 사과를 그리고

코스모스 한들한들 그림 속에 서 있었다

나는

사과는 가을에 익는다고 했다.

유정이의 뾰루퉁한 얼굴을 보며

너는 코스모스를 닮았다고 해줬다

딴엔

욕심을 내보려 했는가 보다

토끼 모양의 지도

기차가 지나치는 역마다

유치원 친구들과

엄마 아빠의 이름으로 지명을 바꾸다가

난데없이

할아버지의 고향을 물었다

나는

어렴풋이 생각나는

낯선 지명을 끝내 말하지 못했고

유정이는 정차해 있는

이름 없는 도화지의 역사에다

또박또박 할아버지 역(驛)이라고 적었다

　　5

천연색 물감으로 그림을 그린다

운집한 빌딩들과

아파트와

큰 강을 그린다

그 강에는 햇살을 향하는 사람들

하나 둘 여문 꿈을 빚으며 부산하다

유정이는

잘 그려야 한다며

흐트러진 몸을 고쳐 앉는다

조심스레 물감을 찍어
사람의 얼굴마다 밝은 색깔을 입히고
빛 내리지 않는 처마 밑에도
촘촘히 햇살을 뿌리고 다닌다
눈, 코, 입
드러나지 않는 마음까지
샅샅이 보이는 듯
사뭇 진지하게 물감을 칠한다
그림 속에 있는 사람들은
환하게 웃거나
때로 그리움을 머금고
거리를 걷다가 밤하늘 별빛 되어 박힌다
화해와 사랑 천연색 물감들이
도화지에 지천이다

나는
유정이의 그림 앞에서
뜻 없이 고개가 숙연해진다

6

노래가 튀어나온다
정선아리랑 서툰 가락으로
콩나물 모양의 음표들이
그림 속에서 하나 둘 걸어 나온다
폐광이 되어버린 태백 영월
아리랑 구성지게 고개를 넘을 때
붓을 돌리는 유정이의 어깨가
한 박자 더디게 색을 칠한다
여유를 부리는 것일까
내가 생각하는 한반도의 지리는
북위 38도 경위 24도
그림은 이미 완성된 것 같은데
유정이의 열차는
아직도 갈 길이 멀다는 듯
도화지의 여백이 반이나 남아 있다
나는 자꾸만 불안하여
유정이의 눈치를 살피고

유정이가

다시 붓을 든다

살얼음을 딛는 것처럼

내 마음이 쫄아들고

위태롭게

비무장을 치닫는

유정이의 그림 여행

나는 딴청을 피우며 먼 하늘을 본다

유정이의 그림은

총신 날카롭게 서 있는 분계선을 넘어

또 어딘가로,

우리가 넘지 못했던 그 어딘가로

끝없이 끝없이 달려갈 것이다

나는 자꾸만 하늘을 보고

하늘을 보고

안산행 열차를 기다린다

그가 있으면, 안산행이다 눈이 그치고 낮은 처마 물방울이 떨어진다 나는 커피를 마시며 그의 동정을 곁눈질한다 털실로 짠 스웨터와 잘 닦인 구두코 햇살이 미끄러지고 미끄러진 햇살이 내 발밑의 눈을 녹인다 나는 가볍게 목례를 보낸다 역사(驛舍) 뒤편의 나무들 일제히 몸을 드러내고, 눈송이가 떨어진다 가슴 엔 듯 층층이 눈이 쌓이고 파리해진 잎 하나가 선로에 떨어진다 늘 그만큼의 거리로 우리는, 말이 없었다 같은 눈높이로 세상을 보았지만 그림자 사이에도 벽은 있고 튕겨지는 저 햇살 고운 햇살에도 벽이 있다 불현듯 호흡이 가빠져 서둘러 그를 쫓아가지만 희망은 저만치 앞서가는 안산행 열차인 것이다 그가 오면 안산행이다 햇살에 눈부시고 눈부신 설움 햇살에 튕겨나간다 눈 쌓인 가리봉역 그의 언 발을 녹일 때 그는 가볍게 목례를 보낸다

혼잣말

먹고 살기 힘들다

제2부

나의 청춘은 가난하였으나

망명의 시절

그늘 아래 진다 모든 그리움 저물어서
내 마음 단단한 덫에 걸린 고라니처럼 밤새 운다
바람에 젖는 갈대숲 내 울음 따라 같이 운다
더러 햇살 밝은 날 굳게 닫힌 철창에
붉은 꽃잎 피워 올리지만
이 세월 가기 전에 너의 해맑은 웃음도 사라지고 말 것이다
한 시절 장대높이뛰기로 훌쩍 넘고 싶다 악몽에 시달리
는 밤
시절은 언제나 캄캄하고
눈먼 장님 바늘귀를 찾다 손가락을 찔리듯
열망은 자꾸만 내 발등을 찍는다
나는 나를 암매장하고 싶다
남몰래 내 범죄에 눌려 까무러치고 미열처럼 다가오는 신
새벽
누군가 살아 퍼덕이는 닭 모가지를 비튼다
황급히 안갯속으로 도망친다
그렇지, 세상 어디든 쥐구멍은 있게 마련이지
애련한 시절 나는 그 길로 청춘을 피신시킨다 그늘 아래
숨는다

감각, 혹은 슬픔
— 지하철 1호선 영풍문고 입구에서

    지하철, 역사(驛舍)에 내린다 역사(歷史)는 밀실에서 자유
롭다 팔짱을 낀 남녀 형광등 불빛이 시야를 어지럽힌다 종
각역 개찰구를 지나 지하보도를 걷는다 유영하듯이 부드럽
게 썰물이 지는, 바다는 인천에서 와서 의정부로 빠져나간
다 직립의 물고기 각진 지하통로로 부드럽게 쓸려가고 낯선
소음 아르바이트하는 개찰원들이 전광판을 응시한다 빛은
표피와 모세혈관의 거리이다 잡을 수 없는 감각 혹은 슬픔
낮게 새소리가 들리고 사방을 두리번거리지만 그리움은 없
다 항상 뒤늦게 온다 이곳은 숲이었을까 무리를 이룬 여자
들이 참새처럼 쫑알거렸고 그날의 일간신문엔 꽝꽝거리는
굉음 도시가스 불빛이 아름다웠다 새소리는 날카롭게 고막
을 찔렀다 향수처럼 숲에 있다는 착각을 했다 초로의 사내
가 지하보도에 앉아 시간을 팔고 있다

비상을 꿈꾸며

지향하는 곳 어디인가 돌아보면 가시밭길 탱자나무 청아한 꽃잎 제 가시 다가가 살점을 찍고 한 점 눈물 없이 지고 있다 봄날 새떼들 웅성거려 나 너의 주검 앞에 부끄러움 고하지 못하고 눈물 내 가슴에 울컥거린다 지향하는 곳 어디인가 흩날리는 바람 그 세월 속에 겁 없는 사계가 훌쩍 지나갔고 시침이 멈춘 자명종 난장에 버려진 부속품처럼 밤마다 설움에 떨었다 부러 너를 생각하는 날엔 구멍 뚫린 하늘에서 비가 오더라 그런 날 늙은 개처럼 밤을 쏘다니며 수척한 아침 안개를 만나고 행여 쓰러진 네 안부 들으면 뒷날까지 몸살 나더라 영영 아파서 일어설 수 없더라 너 있는 길 지척, 서역만리 내 마음 하루에도 천만 번 흔들리고 흔들리다 지친 생채기 검은 반점 암세포처럼 사방에 퍼져 나 낯선 벼랑 굽이치는 언덕 발을 멈춘다 명경지수 그 강물 세월 끝까지 닿아 몸을 유혹하고 여린 어깨 자꾸만 떠미는데 홀연, 급격히 솟구치는 강물 거친 호통소리 환영인 듯 내 면상을 갈긴다 꺼이꺼이 울다 눈물 훔치면 어느새 고요해지는 강물 그 속에 하늘이 있고 바람이 있고 네가 있고 내가 있다 웅크린 새 되어 비상을 꿈꾼다

기다리는 날

눈이 녹으면 봄날 오리라
그리 무작정 설레던 열아홉 꽃다운 나이
꽃답게 지고 말았지만, 한 번도 오지 않았지만
아직도 눈이 녹으면 행여 봄날 올까 몸을 털며 마중 나간다
늑장 부리다 때를 놓친 스물아홉의 흐트러진 머릿결
그 위에 눈곱 떼지 못한 새벽잠이 웅크려 자고
기다림에 익숙한 생은
기다린 날들을 기억하지 못한 채 안개길을 휘젓는다
오늘도 기다린 날은 오지 않았고
아마 내일도 오지 않을 것이다 나 이미 독한 술에 취했지만
알고 있다 흐트러짐 없는 절대의 시대
그 시절 도래할지라도
누군가 컴컴한 암실에서 주기도문 외며 반역의 칼날 갈고
있으리라는 것을.
나는 봄날을 기다리고 봄날은 언 땅에 묻혀 그리움에 난
자당하고 그리움은 시절에 갇혀 꼼짝하지 못한다
서로의 생채기를 긁어대며 시절이 지나간다 그 시절 안에
내가 있다 이미 와 있는 봄날 기약 없이 기다린다

파행 시편 1

1

이상한 밤이었다 밤새 파리 떼 윙윙대고

아무도 울지 않았는데 울음소리 자꾸만 뒤따라왔다

헛것 같은 그리움 언뜻 어머니가 비치고 얼굴 모르는

조부의 지팡이가 불거진 뿌리 되어 길을 막았다

단지 허깨비일 뿐이야 다시는 돌아가지 않겠어

파행의 밤엔 유난히 별이 밝았고 발등에

찍히는 까닭 없는 눈물 나도 돌아가지 않을래

세월은 그림자를 띄워 우리를 감시했어

이단의 밤 우리들의 잠은 허용되지 않았어

아무도 눈여겨보지 않는 골방에

햇살, 햇살 가끔 쏟아졌지만 구걸하듯 받아먹었지만

한 번 어긋난 길은 복구되지 않았어

더더욱 마음의 벽은 깨트릴 수 없었어 가끔

추억의 바람 속살 깊이 젖어올 때면 뿌연 담배 연기

바람은 더욱 차가웠어 하지만 평등한 고통은 얼마나 아름

다운가

우리 서로의 낮은 패를 훔쳐보며 낄낄거리며

죽어버린 한 시절을 보상받곤 했었지
누가 알아 치열한 삶일수록 밑바닥을 향한다는 것을
누가 알아 우리들의 거친 열망 지속적인 파행의 밤을

　　　2

신년 1월 1일 망년회를 했었던 그해
막차 탄 친구들 끝내 손 흔들지 않았고
몇 남은 친구들은 꾸깃한 지폐를 꺼내어
암표를 끊었다 제야의 종소리
정원 초과된 엘리베이터의 경고음처럼 들려왔고
몸살 난 하늘은 허연 기침을 토했다
그해 첫날
선 본 친구의 아가씨에게
이 친구는 마음은 가난해도 돈은
참 많은 친구요, 라고 덕담을 했고
친구분들도 그러신 것 같아요
우리는 덕담을 받으며 음흉하게 웃었다

"눈이 내려요

저 강을 건너 한 무리 눈발이 쏟아지고 어머, 당신의 눈에

도 눈물이 오는군요"

모두들 웃고 있었다 딸랑거리는 동전

몇 닢으로 남은 세월의 추억을 걱정했고

철시한 셔터문은 끝내 열리지 않았고

아무도 문 열어주지 않는 신년 망년의 거리

우리 살아갈 생을 서둘러 잊어버렸다

　　3

희망이 절벽이던 시절, 그니 젖가슴도 절벽이었고

고여 있는 물은 모두가 벽이었다 나는 그 안에서 겨울을

보냈다 세상은 변한 듯 변하지 않았고 나 또한 변하지 않았

지만 날카로운 얼음송곳으로 서로의 상처 난 부위를 찌르고

있었다 주사기로 연명하는 식물인간처럼 링거병에 담겨진

햇살이 툭 툭 살 속으로 떨어졌다 한 발 제겨딛는 걸음마다

또각또각 정강이가 부러지고 날카로운 과도로 얼음 기둥을

조각하는 동안 불륜은 세상으로 한없이 삐져나가고 세상의
불륜은 절벽의 이끼처럼 떨어지지 않았다 내 나이 스물일곱
이었고 사랑은 죽었다 목숨을 갉아먹으며 죽은 날들을 낭비
한다

4

미상불(未嘗不) 고단한 날이었드랬지요 폭력과 광기
악몽에 쫓겨 다니다, 영화가 끝나고 허약한 몸짓
꼬리를 감추는 비겁한 세월에게
취한 척 등을 기대었드랬지요 그만 쉬고 싶었어요
다 떠나고 나도 그만 나를 떠나버리고
김빠진 보리술처럼 우두커니 정거장 전신주에 기대어
막막했드랬지요 발 동동거리던 예전의 두근거림은
날짜 지난 신문지마냥 펄럭거리는데 나 그만,
엉엉 울어버렸드랬지요 불 켜진 가등으로 새카맣게 몰려
드는 날벌레 수천수만의 열망이 발아래 주검으로 장사진을
치는데
나 그만 돌멩이 힘껏 던져 깨뜨려버렸드랬지요 깜깜한 세상

그제서야 진정한 밤이었드랬지요 왱왱거리는 속삭임과

은밀하게 이뤄지는 모반과 따뜻하게 아름다운 반역. 불쑥

누군가 은빛 사슬을 채웠드랬지요 당황스레 애태우던 벗

들에게 김치이, 하고 웃었지요 총총 가슴에 못 박히던 눈망

울 날짜를 헤아리며 묵묵히 아이들의 울음소리를 떠올려보

았드랬지요

파행 시편 2

1

전투적이지 않는 생은 도태되고 말 겁니다 동사무소 계단
을 쓸며 말했다 그는 신병훈련소에서 소품으로 지급된 행정
요원이었다 향방 훈련이 한참이었고 예비군들은 총구에 머
리를 꽂으며 심심해했다 시간은 모든 것을 앗아가죠 우리
세월도 언젠가는 권태로 얼룩지고 말 것입니다 습관에 익숙
한 동물이니까 누군가의 목숨이 총성으로 사라졌다 그는 묵
묵히 쓸어냈다 늙어 보이는 얼굴은 나이보다 초췌했고 지
척의 죽음을 남의 일인 양 중얼거렸다 태양이 너무 따가웠
다 달력의 날짜를 갉아먹으며 나는 정든 시절로부터 해제당
했다 낡은 사진첩 몇 잎의 추억이 윤색되었고 전투적이었고
낯익은 노래 해적처럼 습격했지만 두터운 전공서적 찢긴 사
랑만이 내 목숨을 지켜냈다 대학의 남은 일 학기 그의 답장
은 한 번도 오지 않았고 그의 부재를 나는, 인정해야만 했다

2

이날 이때까지 살아오면서
남한테 책 잡힐 일 하지 않았고 궂은 소리 한 번 듣지 않

았습니다

만나보시면 아시겠지만

세상은 이 사람처럼 살아야겠구나, 하는 생각이 들 정도
로 선한 사람입니다

요즘에야 인상 좋은 놈 치고 사기꾼 아닌 놈 없다지만

안목 있는 사람이라면 훌륭한 직장에 근무하시는 분이시
라면

참 사기꾼과 거짓 사기꾼은 금방 가려낼 수 있을 거라 생
각됩니다

흠이라면, 지방대학 그것도 사립대학

사학과를 나왔다는 별것 아닌 꼬리표가 졸졸 쫓아다닌다
는 것입니다

저는 자랑스러운데 자랑스러워서 떠벌리고 다니는데 졸
업식 날

어머니는 자랑스럽다고 눈물 펑펑 흘리셨는데

세상의 잣대로 보았을 때

저의 이력은 결코 떳떳하지 못한가 봅니다

아무쪼록 머릿수 떨궈내는 식으로 채용하지 마시고

사람 보는 눈으로 사람다운 눈으로 귀사의 인재를 뽑기
바라며

짧은 자기 소개서를 마치고자 합니다 감사합니다

3

일요일엔 언제나 포르노를 보았다 난민 수용소의 애늙은
이처럼 폐수 같은 침 질질 흘리며 휴일을 견뎠다 침묵은 유
일한 놀이였다 몹쓸 놈의 세월, 목숨을 담보로 단장의 미아
리고개 서른의 고갯길로 자박자박 걸어갔다 모두들 끌려가
고 있었다 이불을 뒤척이던 정액들은 낢과 더불어 죽어버렸
고 늙은 머리는 검은 머리카락을 물들이지 못했고 나는, 나
를 물 먹이고 싶었다 퐁당퐁당 허약한 꿈들이 버려지고 있
었다 미늘 없는 낚시를 던지며 불 좀 빌립시다, 라고 했지만
손 내밀지 않았다 당신도 상처했군요 서늘한 침묵이 곁에
남아주었다 아무도 내가 살아 있다는 것을 가르치지 않았다
꿈틀거리며, 욕정은 날마다 사람의 꿈을 악귀처럼 받아먹고
아무도 죽음에 대하여 관심 두지 않았다 익명의 날들은 그
렇게 갔다

4

　그는 실업자이다 실직한 이후 무료한 시간을 혼자 보냈다 두 달째 장마 비디오 대여점에선 그의 발자국 소리를 기억해주었다 약사는 그를 잊었고 수면제를 삼키며 잠이 들었다 더 많은 쓰레기가 깨진 병 조각처럼 눈에 밟혔고 짜증 섞인 목소리로 미화원은 투덜댔다 어떤 자식이야 차바퀴를 갈아끼우며 택시 기사가 소리쳤고 여자는 호텔 문을 들어서며 머리를 긁적거렸다 갑자기 비명이 들렸다 점심을 먹던 아이는 이빨에 낀 머리카락을 불태웠지만 독한 향수 냄새 저녁까지 진동했고 전화기 맞은편에서 오만 원인데요, 사이렌이 울렸다 단속반에 걸린 포주는 주먹감자를 먹으며 경찰서를 돌아섰다 동북 쪽에서 굵은 빗방울이 내렸다 신호등을 위반한 보행자가 날렵하게 골목으로 달아났다 감시 카메라에 흔적이 남아 있다 신작 비디오 있습니까?

5

　가끔…

어느땐가…

나도… 모르게…

외롭고 쓸쓸하여 누군가…

그리워질 때…

전화하세요 02)838-5958

파행 시편 3

1

얼마나 황당할까 달려오는 시속 이백 킬로 지하철 플랫홈
역사에서 유리창 너머 역무원에게 총을 겨누면 그는 황당하
여 기절할까 아니면 후진할까 내가 가리봉 전철역에서 열려
라 참깨를 세 번 외치면 세상의 문은 온통 내 발아래 무릎을
꿇을까 나를 팽개쳐버릴까 얼마나 황당할까 어느 날 세상
이 사는 게 지루하여 복덕방에 앉아 화투패를 돌리다 놀러
온 유다에게 쓰리 고에 피박을 당한다면 나머지 광 판 사람
들은 훈중 나는 사우나탕에서 그 밤의 정세를 분석하겠지만
무지한 즘생들에게 따따블로 팔아먹겠지만 얼마나 황당할
까 부활한 예수가 그들의 판돈을 싸그리 쓸어버린다면 얼마
나 황당할까 나는 성전의 창고 쪼그려 담배를 피웠고 심심
했고 지나가는 세월의 엉덩이에 무심코 똥침을 박았다 그러
한 어느 날 하나님은 날카로운 기계톱으로 내 손목을 절단
하셨다

2

하나 이혼상담소는 방배동에 있었다. 방배동의 휴식처 하

나 상담소는 북적거렸고 똥배 나온 김 사장은 즐거워했다. 노처녀 혹은 결혼한 유부녀도 회원권이 발부됐고 더러 동남아 처녀들의 눅눅한 가난도 명함판 사진 속에서 환하게 웃고 있었다. 산골 외지 또는 산업체 전선에서 가끔 물 건너 일본에서 문의 전화 빗발쳤고 똥배 나온 김 사장은 즐거워했다. 은하다방, 피카소 레스토랑 또는 이화장 218호에서 대충 만남은 주선되었고 김 사장은 모 대학 강단에 서서 고무줄 없는 팬티에 대해, 비경제적인 사랑에 대해, 국제화 시대의 결혼 전략에 대해 대충 열강했고 가끔 기립박수를 받기도 했다. 하나 이혼상담소는 전국에 체인점이 있었고 가끔 너희 집에 축전을 띄우기도 했다. 당신의 첫 번째 결단을 축하드립니다. 하나 이혼상담소, 김 사장은 똥배를 쓰다듬으며 매우 흡족해했다.

　　　3

　외제 옷을 입히며 극성스럽게 사랑했네 눈에 넣어도 아프지 않을 애새끼들 늙어가는 몸을 팔아 용돈에 학원비 데이트 비용까지 내가 세상에 사기를 친 만큼 애새끼는 나를 사기 쳐먹었네, 허나 모정은 모든 죄악을 용서하노니 아들아 떵떵거리며 자라다오 떵떵거리며 살아다오 대학을 졸업시키고 물 건너 유학을 보내고 괜찮은 박사학위 월계관을 씌웠을 때 세상은 온통 장밋빛 천지였네 값비싼 혼수와 평수 넓은 아파트 다이아몬드 반지와 승용차 달러 빚 얻어 결혼을 시켰을 때 꽃가마를 탄 꿈을 꾸며 하마처럼 큰 입에 함박꽃을 피우며 사기 치며 살아온 만큼 보람도 있었네 그 시절 우리 영감 벽에 똥칠했네 젊었을 적 투기 버릇으로 방 안 구석구석 말뚝을 박았네 영감 일흔한 번째 생일날 동남아행 효도관광 티켓 끊어주며 아들 내외 공항까지 배웅 나와 안녕히 놀다 가시라고 손 흔들었네 우리 부부 웃으며 말없이 손 흔들었네

4

언제까지가 밀항의 세월인가 벽보판에 붙은 살인 미수범의 누명 쓴 얼굴처럼 분명 오늘은 쫓겨온 날이다 너도 수배자다 회전의자에 앉아 선 굵은 도장 꽝꽝 찍는 당신의 거드름, 거드름 속에 감춰진 온화한 권태 쭈글탱이 거렁뱅이에

게 동전 한 닢 건네며 때로 세상은 살 만한 것이지 용기를
내시오 무언의 침묵으로 선민을 강요하는 너도 분명 밀항
자다 허면 망명의 저쪽은 어디였는가 마늘과 쑥 그 이전 천
지가 캄캄한 동굴 생명 하나 없는 불모의 땅에서 한 점 햇살
눈에 담고 변신을 위해 비상을 위해 백일치성 백날 동안 올
린 다음에야 너와 내가 되었지만 우리가 되었지만 깰 수 없
는 암흑 날카로운 쇠꼬챙이로 푹푹 살을 찌르고 찔렀지만
너와 나는 너와 나와 우리는 세월 저쪽 범죄로 낙인찍힌 수
배된 얼굴이다 그리움에 지명수배된 범법자다 밀항의 시간
은 정녕 언제까지인가

　　　5

　기차가 온다 아가리를 벌리며 몸을 겁탈한다 비명을 지르
다 지하철 손잡이 움켜쥔다 하오 2시 신도림역, 권태는 당
당하게 무임승차한다 일간지의 비통한 기사 근육질의 스포
츠신문에 파리가 앉는다 순환 2호선 눈빛이 마주치는 당산
역에서 눈 맞은 중년 철교 중간에서 위험한 곡예를 탄다 한
아이 게슴츠레 눈을 빛내며 따라간다 따라간다 객차의 문

을 발로 차며 하모니카 울린다 중세의 성직자처럼 면죄부를
내밀며 곡조 슬픈 노래 찬송가처럼 부른다 콘크리트 벽처럼
단단한 유리벽 이중 방음창을 굳게 닫는다 불륜을 묵인한
장님 아닌 사내 휘파람을 불며 간다 킬킬거리며 파리가 웃
는다 정적을 깨우며 스피커가 울린다 출입구가 열리고 공장
에서 생산된 복제품처럼 더 넓은 아가리 세상 속으로 뒤뚱
떠밀려 간다 뒤뚱뒤뚱 떠밀려 간다

간다

갈 데까지 갔다는 사람은 어디까지 간 것일까
폐경당한 여자처럼 강물에 풍덩 몸 던지고 싶을까
거추장스런 액세서리 뗄 수 없어 그냥 사는 것일까
갈 데까지 갔다는 사람은 지구 끝까지 걸어간 사람일까
지구 끝에서 해탈하여 나머지 생은 덤으로 사는 것일까
아침밥 먹고 커피 마시고 나도 간다 가다가 깨지고
달리다 엎어지고 때로 뒤로 가다 코 박고 휘둘러보면
차 타고 오토바이 타고 김밥 둘둘 만 기차 타고
빙빙 비행기 타고 천지유람 노 저어 배 타고 사람 배 타고
간다 한없이 간다 가서 오지 않은 사람 가서 돌아온 사람
돌아와서 다시 가는 사람 봇짐 하나 꿰차고 엉겁결에
따라가는 사람 지금도 가고 있는 사람 갈 데까지 갔다는
사람은 앞서나간 사람일까 한 번도 가지 않은 사람일까

시의 문신을 새긴 적이 있다

몸에
시의 문신을 새긴 적이 있다
날카롭게 서 있는 세상에 미쁜 꽃 한 송이 피우지 못하고
남몰래 시의 문신을 새긴 적이 있다
그리고 사랑이 지나갔다 노래가 머물다 가고
못 잊을 시절들이 은유의 문장으로 스쳐 가곤 했었다
제 살을 찌르며 가시나무가 자랐고
울지 않기 위해 더욱 단단해지기 위해
갖가지 생채기 그리움으로 달래며 꽃피우려 했던 날 몇 날
밤새 엮어놓은 은하수 아침이면 물기 없는 조화가 되어
새까맣게 타버리고, 아득하여라
저 홀로 울고 웃으며 그 밤에 띄운 편지들은 하늘 어디쯤
에 이르렀을까
낯모를 곳에서 내 몸의 체온이 누군가의 따뜻한 옷이라도
된다면
나의 시가 시지푸스의 언덕을 내려와
세상과 손 마주 잡는 날
풍금을 연주하듯 세상의 희망을, 꿈을 건드릴 수 있으리니
멀고도 먼 길 서툰 몸짓으로
청춘의 한 시절을 시와 함께 살았다

가리봉동을 걷다

가리봉역에는 그리움이 한 켠에 진열돼 있다
뽕짝이 흘러나오는 좌판 레코드점 그곳엔
유행 지난 노래들이 퇴색한 치마를 걸치고 공단 거리를
활보한다 최신 가요를 부르는 아이들의 모습도
그곳에선 늙어 보인다 스포츠신문을 보는 사람들
저마다 정처 없이 떠나고 싶지만 낮은 곳으로의 비행은
불안하다 하여 쉬 날지 못한 채 날개만 퍼덕거리다
집으로 돌아간다 그곳의 어둠은 깊다 가끔
투명한 햇살이 밝게 비치지만 좁은 방의 권태는
순식간에 문을 두드린다 집이 넓으면 마음도
넓어진다는 구약의 한 구절, 나는 그 말씀을 겸허하게
받아들인다 오후는 아이들의 공부방처럼 지루하다
전조등을 켠 채로 자동차는 지나간다 편안한 안식
그들의 권태는 물먹은 배터리처럼 느닷없다 풍경은
잎새를 건들지만 정적을 깨우지는 못한다 저녁
일곱 시 술을 마신다 바닷물 먹은 송사리 떼처럼
불안을 껴안고, 술을 마신다 잠시 후면 화사한 웃음이
사방에 가득할 것이다 염색한 머리카락과

복고풍의 치마를 껴입고 혹은 중형 차를 타고
아이들은 이 거리를 탈출할 것이다 어둠은 순식간에
몸을 덮치고 정적은 오랫동안 그 거리를 떠돌 것이다

모기 생각

떠나지 못한 모기들이 초가을까지 극성이다
늦은 밤을 설치며 모기를 잡는다
오기(傲氣)만 남은 듯
그네들의 비행도 필사적이다
꿈길까지 쫓고 쫓기다 엎드려 저문다

아침에 일어나면
벽이나 천정에 곤히 자는 모기들을
사정없이 내리친다

나도 모르게 공격적이 된다

갑오* 잡다

아무리 밥을 많이 먹어도
키가 크지 않는 나이
수많은 책을 탐독해도 더 이상 자라지 않는 생각
지고지순한 사랑으로
한 사람을 사랑했지만 사랑하다 발각됐지만
끝내, 끝끝내
불륜으로 손가락질 받는 나이

나아갈 수도 물러설 수도 없이
교차로 한복판 방전되어버린 자동차 같은

* 화투판의 용어.

풍경

　어느 날의 일이었습니다 한국일보 사회면 하단 기사에 삼십 대 아줌마가 자살을 했더군요 우울증이 생겨서 그랬다나 봐요 남편은 돈 벌어서 외제 차 사고 초등학생 꼬맹이는 가ㅡ 갸ㅡ거ㅡ겨 구구단 외우고 아줌마는 집에서 목을 맸대요

　날마다 바쁘다지요
　사람과 사람 사이에서
　사람과 외로움 사이에서
　사람들은 외로워서 바빠 죽겠다지요

　삼 일에 한 번씩 한강 푸른 물에는 바자회가 열린다지요 빨간 옷 노란 옷 찢어진 옷 영동대교 한강철교 올림픽대교 배고픈 철새들이 몸 던진 곳에서 지금은 사람들이 목맨다 지요 배고파서 죽지 않고 마음이 고파서 죽는다지요 인정에 메말라서 죽는다지요 날마다 죽는다지요 사람과 사람, 사람과 외로움 사이에서

병원을 마주 대하는 생각

그대 빈방에 들어가 쉬고 싶었네 일상은 톱니바퀴 자동차는 달리고 마음 둘 곳 하나 없이 이 세상 헤매고 다녔네 정처 없는 인생들이 마음속을 들락거렸고 바람 불 때마다 한 뼘씩 키가 크는 나무들 낯모를 꽃잎은 피었다 지곤 했네 자랄수록 잊혀져가는 기억의 맞은편에서 생각날 듯하면서도 잡히지 않던 사랑 부서지고 깨지며 그냥 그렇게 사는 거라며 내 남은 생마저 단정 지어버렸을 때 일기장에 내리꽂히던 눈물 같은 말줄임표

그대 빈자리에 들어가 쉬고 싶었네
한 사나흘 그대 그늘에 머물고 싶었네

제3부

높고 낮은 곳을 떠돌다

희망

나

죽는 날

애 썼 다, 하시며

개근상 하나 주신다면 좋겠다

일꾼 1

하루 벌어 살아도 희망은 있더라

제 가슴에 꽝꽝 망치질하면 칠현의 가야금 하늘을 깨우고

각목을 관통하는 대못

가뭄에 탄 껍질 뚫고 연한 속살 덧니처럼 삐져나와

숨 가쁜 몸짓으로 발목을 붙든다

햇살은 기다린 자의 몫으로 청아하고

한 장 한 장 벽돌을 쌓다 보면 그 위에 앉는 사랑

아무리 모진 사람이라도 벽돌 위에 얹히면 애련하게 떠올라

흙손으로 꾹꾹 눌러 그 사람 생각하며 집을 짓는다

고운 모래 더미 고인 눈물 버무려 미장질하면

튀어나온 생채기 흐르는 강의 표면처럼 흐르고 흘러서

우리 저마다 아름다운 석양빛으로 물들어가면

편안한 저녁 일꾼들 모두 돌아간 현장에

그네들의 애틋한 사랑이 고여 천천히 몸을 말리는 생채기

아무리 모진 세상일지라도 따뜻한 집 한 칸 남기며

갈 곳 없는 멧새들과 별빛의 안식처가 되어도 좋으리니

하루 벌어 살아도 가슴 저미는 설렘

철근 같은 희망은 부러지지 않더라

일꾼 2

신기하기도 하지 난간에 서면
천길 벼랑 차마 내려다볼 수 없어
눈을 감아버리는데 눈을 감는다고
숨을 곳이 있는 것은 아니지
두 눈 부릅뜨고 외줄 비계 난간을 탄다
끌어올려지는 박공벽 끌어올려지는 슬픔
목젖까지 차올라 툭 건들면 옆 건물
슬레이트 낮은 지붕을 덮쳐버릴 것만 같다
박공벽을 버티는 타워크레인, 난간에 매달려
철사를 조인다 솟아오를수록 아득한 벼랑
더 아득한 지상 한 자락 바람 불어도
몸이 떨리고 봄, 약수동이었던가 그때
낙하하던 한 마리 새 기억은 붉은 꽃잎으로 남아
열두 자 통나무에 해마다 송진 묻어나는데
일꾼은 죽어서도 집을 짓는 것일까
신기하기도 하지 난간에 서면
공중에 생겨난 일꾼들의 집이 보이는 듯하다

일꾼 3

현장을
많이 돌아다니다 보면
곱게 늙어가는 사람들을 만날 수 있다
말을 하지 않아도
억지로 티를 내지 않아도
묵묵히 망치질하는 그 모습에서
일꾼의 참모습을 발견할 수가 있다
참 일꾼을 만나면
그 사람이 집처럼 편안할 때가 있다

일꾼 4

한나절 망치질 합판에 등을 눕힌다

파이프를 녹인 햇살 미끄럼 타고 내려와 사람의 몸을 태
우고 늙은 이씨 땡볕 아랑곳없이 쿨쿨거리며 단잠에 젖는다

상처에 익숙한 사람들 광대뼈를 드러낼 때

젖은 흙바닥 물컹 나뭇잎이 살아 오른다

십 년 망치질, 싱싱한 처녀림에 얼마나 많은 상처가 못 박
혔을까

녹슬고 구부러진 못들 서툰 저항으로 발바닥을 찌르고

옷깃을 찢지만 유배당한 죄인처럼 말라비틀어진

옹이에 못 박혀 평생 현장을 떠돌고 있을지

더러 구멍 뚫은 드럼통 속 활활 타올라

극락 천도나무 죄 많은 몸에서 죽지 않을 꽃 피워내고 있
을는지 우리 죽으면 그렇게 환생할 수 있을런지

살아생전 얼마나 많은 사람에게 못 박고 살아갈까

죽어 그 많은 죄 무슨 업보로 갚으려고

아직도 저 푸른 하늘에 망치 소리 울려 퍼질까

일꾼 6

가끔 그 집에 가보곤 한다
여름 장마철이나 일 없는 동짓달
먼 길 산책 삼아 그 집에 가보곤 한다
삶은 여전히 곡예를 타지만
모진 상처라든가
아픔이라든가 힘겨웠던 순간은 떠오르지 않는다
첫사랑 그러한 것처럼
애틋한 그리움이 나를 이끌어간다
물은 새지 않을까 못질한 창문틀에
일꾼들의 거친 호흡 남아 있을까
살붙이를 보듯 그 집을 바라보지만
일꾼들의 고된 흔적은 보이지 않는다
슬프고 아린 기억은 하나도 없이
따뜻하고 평화로운 불빛이 마음 안에 새겨진다

일꾼 7

한나절 노동을 끝내고, 난장에
앉는다 눈 닿는 어느 곳이나 상처다
절단된 각목 툭툭 끊어진 철사 조각들이
제 집인 양 어지럽게 널려 있다
우리네 일꾼들 먼지를 털어내며
바람 외진 곳에 자리를 잡는다 아무리
험한 세상이라도 한 몸 뉠 곳 있어, 따뜻하다
친구처럼 옹벽은 옹벽끼리 몸을 기대고
철근은 철근끼리 서로 엉클어져서
낮게 코 고는 소리
같은 호흡으로 현장에 울려 퍼진다

일꾼 9

땅속에서 지상으로
지상에서 하늘까지 집을 짓는다
가파른 벼랑이나
손 닿지 않은 허공에도 집을 짓는다
지상에서 9층까지
세상의 형체가 선명하게 드러나는
속속들이 내비치는 세상살이가
그 높이가 일꾼들에게는 가장 공포스럽다
나아갈 수도
물러설 수도 없는 그곳이 가장 고통스럽다
공중과 지상을 오르내리며
파이프와 파이프 사이를 넘나드는
자유롭게 왕래하는 새
고층에 오를수록 일꾼들의 몸짓은 가볍다

일꾼 10

일꾼은
어디에서나 일꾼이다
팔월 폭염의 파업 현장이든
하얀 와이셔츠의 사무실에서든
참 일꾼의 본성은 사라지지 않는다
무너진 축대를 보면
견디지 못하는,
고치지 않고 못 견디는
그곳이 설령
자본과 권력의 심장부라 할지라도
그보다 더한 음모와 술수의 핵일지라도
중심으로
꿋꿋하게 버팅기는
일꾼은 어디서든지 일꾼이다

근로자 대기소

사람 떠난 대기소의 낡은 십자가는 거만한 눈빛으로 대기소를 응시했고 우리들은 하루분의 일용할 양식을 기원하며 추락하는 불빛 아래 벌레처럼 웅성거렸다 인적이 끊긴 포도 위에 한 무리 파충류가 어둠의 살점을 바닥낼 때 앉은뱅이 시선의 얌전한 우리들은 주기도문을 외듯 근로자 수칙을 암송했다

부끄러웠다 허울 좋은 꼬리표처럼 달려 있는 지방대학의 명찰 이곳에 나오면 등짐과 망치질에 닳은 육십 평생 몸뚱이가 딱딱한 의자에 기대어 새우잠을 자고 시멘트 가루에 얽은 곰보 같은 얼굴들

살아 눈물이면 죽어 극락정토라고 늘 그렇게 위안하던 장씨는 사람들 모두 팔려간 대기소의 창문을 바라본다 하냥 다를 것 없는 광주천 폐수와 빈약한 가옥과 까치 한 마리. 소주 두 병만 있으면 세상이 제 것 되는 장씨마저도 새벽의 진눈깨비는 고역인가 보다 봄이 풀리는 계절이면 일도 풀릴 거라며 내 등짝을 어루만지는 그의 손끝이 따뜻하다 일이

풀리면 사람의 마음도 풀어지는 세상 그 세상이 올 수 있을까 참으로 그 세상이 올 수 있을까 대기소의 차디찬 콘크리트 바닥에서 새벽 한기는 꾸물꾸물 올라오고 있었다

영광 원전, 그리고 달맞이꽃에 대한 기억

그곳에 가면 네 사랑을 본다
기송 형님 도시락이 달그락거리면
퇴근하는 통근버스 엔진 소리에 맞춰
원전의 불빛들은 두꺼비집을 내리고
그라인더 쇳가루에 절여진
피곤한 육신도 함초롬히 살아나는
꽃잎 위에 풍뎅이처럼 내려앉았다
슬레이트와 각목으로 얼기설기 엮어진
갈 곳 없는 철새들의 집단 서식지
그곳에 가면 네 눈물을 본다
서울에서 내려온 열아홉 살 직훈생이
성산리 바닷물에 익사당하고
시체마저 찾지 못해 돌아오는 길
회중전등에 비친 순한 눈물은
홍농읍 성산리의 망부석이 되었다
그곳에 가면 취한 몸짓으로
우리를 맞이하는 꽃잎들이 있었다
혁선이 형의 잔업이 끝나고 자전거

살 소리 가난의 쳇바퀴로 구르고 있을 때
보상받지 못한 청춘의 열기가
원전에 빼앗긴 서방님을 생각하듯
백열등 불빛을 꺼뜨리곤 했었다
새벽이 오면 우리들은 익숙한 몸놀림으로
원전으로 향하고 밤에만 피어나는
젊은 네 육신은 달맞이꽃이 되었다
노오란 꽃잎 잎새마다 이슬을 떨궜다

감자탕을 먹는다

나이 서른 넘어
장가 못 간 친구들 여럿 있다
그네들은
돈도 인물도 집안도 나와 별반 다를 바 없다
말투도 투박해서 가끔 선이라도 보는 날엔
이빨 떠는 소리 문풍지 바람 치는 것처럼 요란스럽다

그런 날의 저녁이면
어김없이 세상사를 한탄하는
친구들과의 질펀한 술자리가 있다
나는 그런 친구들을 만날 때마다 감자론을 펼친다
감자는 비타민 C가 많고
단백질이 풍부하여 유용한 식물이며
무엇보다도
하나의 줄기에서 크고 작은
알맹이가 쑥쑥 자라고 있다는 것을
눈에 보이는 것이 너의 전부가 아니라는 것을

보이지 않는 곳에

수많은 감자 알맹이가 있다
네 속에
내 마음속에
너와 내가 이웃한 가운데
크고 작은 알맹이가 보석처럼 빛나고 있다
만취한 친구는 꿈속에서도 장가를 부르짖는다
나는 늦은 밤까지 감자론을 펼치며
냄비에 졸아붙은 감자탕을 아작아작 긁어 먹는다

겨울 삽화

대학 졸업식 날
어머니는 꽤 비싼 양복을 맞춰주셨다
집안 살림살이로 보자면
의아한 일이었지만
고마운 마음에 감사를 드렸다
집안이 좀 피겠구나
어머니 얼굴엔 이른 사월의 목련이 피고

교정 운동장 학사모를 돌려쓰며
찰칵찰칵 어머니의 마른 기침 소리에
목젖의 동맥혈이 까닭 없이 붉어졌다
너는 장남이니까 가까운 곳에서 살아야 한다
아버지 낼모레 환갑이신데……
싸리눈 까칠하게 언 볼에 적셔올 때
귓전에 윙윙거리는 어머니의 혼잣말 소리는
시린 내 발끝에 모아지고 있었다

금천행 차표를 끊어드리며

약 드세요 뒤돌아서서 먹먹하게

제 걱정은 하지 말고요.

적막이 너무 깊어 착각인 듯 등 뒤가 시려웠다

알았응께 몸 상하지 않게 끼니 꼭 챙개라

집 걱정은 하지 말고

유리창 성에를 소매 끝으로 문지르시며

자꾸만 자꾸만 안절부절못하신다

버스 뒤편으로 줄지어 따라가는 싸리 눈발

햇살 빛 받은 눈꽃 송이가 눈부시게 서러웠다

당선 소감

따뜻한 글을 쓰고 싶다
찬 거리에서 바람처럼 헤매다
문득 찾아든 이름 없는 술집
연탄난로가 훈훈하게 피어오르고
낯선 사람들
검붉은 얼굴로 손을 내밀며
서로의 안녕을 물어주고
빈 주머니에 뜨거운 소주 한잔
말없이 건네주는 촌부의 손등처럼
그렇게 따뜻한 얼굴의 시를 쓰고 싶다
술잔에 취하면
마주 앉은 사람에게 가슴을 묻으며
사람에게 취하면
끝없는 믿음의 노래를 합창하리라
지글지글 끓어오르는
난로 위의 국밥처럼
우리들의 노래가 희망이 되고
그 노랫가락이 울려 퍼져

어두운 거리의 빛으로 깔리는 날이면
사람의 응어리가 봄눈 녹듯 사라지고
저마다 따뜻함에 취하여 눈물을 글썽이리
내 살아 있는 그날까지
사람의 몸을 어루만지며, 껴안으며
따뜻한 마음으로 글을 쓰고 싶다

화성법

아아-흠음-아 흠
아- 아- 아
아
흠흠 아- 쿨룩
아- 아
아

도 레 미 파 솔 라 시 도
세월이 간다

제4부

다시 봄

봄비

기별을 받고
굽이굽이 아리랑 고개 넘어간다네
당신,
앞서가시네
끊겼다
이어지며
가느다란 숨소리 지붕이 들썩거리고
밤새
한마디 말씀도 없다가
이른 아침
마당가에 떨어지는 꽃 한 송이

산이 눕는다

징소리
쨍그랑, 징 소리를 울리며 강이 깨어난다
게으른 겨울 아침 탱자나무 막대기로 뜰채를 만들어
잠든 겨울 강 발길질로 닦달하면 살 오른 고기 떼
얼음장 위에서 파닥거리고 철없는 우리는 열두 살 쥐불놀이
밤새 안녕한 들풀들이 산자락 바람 따라 요동을 치고
신작로 버들가지 그을린 아침이 매달려 있다

입춘 무렵
입춘 지나 우수 되면 천봉산의 마른 솔가지를 꺾으러 갔다
햇빛으로 날 간 번쩍이는 낫을 뽐내며 겨울산의 정적을
깨우러 갔다 꿩이며 노루 살찐 짐승들이 나무를 깨우고
산 위쪽 휘이휘이 토끼몰이 하다 보면 멀리 봉갑리로 향
해 오는 보성강의 푸른 힘줄이 종아리 근육으로 탄탄하게 뿌
리내려 후줄근한 바지춤엔 생땀이 흘렀다
칡넝쿨 줄기 엮어 불을 지피면 온 산에 진달래 봄날이 진
군한다

100

달

긴 방죽에 꽃 한 송이 피어 있었네

옆집 누이 서울 떠난 지 여덟 해

저승 간 울음처럼 돌아오지 않더니 산그림자 등에 업고

허름한 완행버스 몸 실려 왔네 배부른 달을 안고 돌아왔
었네

동이 아범 밤새도록 소쩍새 울고 동이는 생솔가지 군불을
피우고 꺼이꺼이 산까마귀 울음소리 비린내가 묻어났네

질긴 삼베 자락 방죽에 걸려 있고 애기귀신 그림자가

밤마다 시퍼런 불꽃을 피워 올리고 있었네

푸르른 면경

가을이면 앞산에 올랐다 쇠꼬챙이 들고 포대자루 걸쳐
메고 알밤을 주우러 갔다 까만 정금이 입술에 묻고 여린 살
점 가시에 긁히고 산사람이 된 우리는 한 그루 나무가 된다
돌배를 먹으면 돌배나무가 땡감을 먹으면 땡감나무가 되어
앞산 단풍의 일부가 된다 털북숭이 토끼처럼 산길을 휘젓

다 늙은 배암의 오줌으로 목을 축이면 우리는 가느다란 실
뱀 되어 덤불 속의 알밤을 찾아내곤 했었다 파다닥, 홰를 치
는 까투리 그 끝없는 날갯짓에 한눈팔다 푸르른 면경 알밤
을 훔치는 우리를 보고 낯부끄러워 서둘러 하산하는 길, 산
이 눕는다

당신은 누구십니까

사랑을 물어봅니다 별빛 무성한 봄날, 그리움에 진 꽃들 하늘에 올라가 못 박히고 혼자 남은 나는 지향 없는 까닭으로 당신께 묻습니다 푸르른 날들은 몸 밖으로 빠져나가 남은 생은 마른 갈대처럼 흔들리는데 정녕 무엇이기에 죽은 생명을 곱게 되살리고 살아 있는 목숨마저 당신에게 향하게 합니까 눈 감고 바라보면 그것은 활활 타오르는 불꽃 재 우쳐 눈을 뜨면 아득히 사라지는 신기루 사랑은 무엇입니까 반딧불 같은 희망에 젖어 당신을 부르면 첩첩산중 석양빛, 늘 그만큼의 거리로 손짓하는 말 없는 당신. 생명까지도 앗아갈 그 단단한 침묵 앞에서 엎드려 묻습니다 살을 뚫고 피어난 무덤 위의 풀씨가 제 어미의 등을 뎁히는 이 봄날에 나는 누구의 가슴에 쓰러져야 합니까 정녕, 사랑은 무엇입니까

보성군 문덕면 봉갑리 백사마을

물빛 그리움으로 남아 있는 백사마을

텃마당의 은행나무 가지에

푸른 잎사귀 남아 있을까

보성강 켜켜이 쌓아 올린 세월을

얇은 보상 통지서와 맞바꾸던 날

살구나무에 앉은 멧새부리가

불안한 풍문을 마을에 전하고

어머니는 낡은 보자기에 봉갑리 아침을 담고 계셨다

파뿌리같이 삭아내린 아버지는

무너진 흙담 벽을 돋우신다

지척이면 다가올 실향의 순간에

아버지는 무엇을 심으신 걸까

싸리비를 꺼내어 마당을 쓸어내시고

외양간이며 돼지우리를 말끔히 청소하신다

사람은 떠날 때가 아름다워야 한단다

할머니 이불보를 둘둘 말아

개어놓으며 혼잣말하시듯 어머니는

중얼거리고 나는 먼 훗날의 일인 듯

피래미처럼 강물을 휘젓고 다녔다

신작로 좁은 길 풀썩이며 먼지가 내린다

커다란 짐차 으르렁거리는 소리

나는 알몸으로 튀어나와

당산나무 등허리에 몸을 숨겼다

반딧불이를 추억하며

어린 날
푸르스름 빛나던 도깨비불을 본 적이 있다
캄캄한 어둠 분간할 수 없는 신작로를 걸을 때면
등골을 타고 오르는 싸늘한 한기
마을과 마을을 지나
무덤과 무덤 사이를 날아다니는
공중에서 떠도는 낯익은 영혼을 만난 적이 있다

바스락거리는 소리 하나에도 가슴이 철렁거렸다
헤헤거리는 웃음을 남기고 강물에 몸 빠뜨린
재 넘어 당집 연자 누이의 환영이
파란 불꽃을 피워 올리며 자꾸만 떠돌고 있었다
깻잎 사이를 나다니는 날벌레의 울음이
긴 여운을 남기며 숲속으로 사라지고
거대한 산그림자 몸을 짓누르는 것 같은 두려움
문득 코끝을 찌르는 밤꽃내에 숨이 막혔다

마을 입구에 다다르면

컹 – 컹 개 짖는 소리 길마중한 토종개가
사잇길 모퉁이에서 종종종 꼬리를 흔들었다
등에 묻은 한기를 털어내며
조심스레 뒤돌아보면 산 너머에서 등 뒤에서
수천 수만의 도깨비불이 깜박거렸다
앞서 길 떠난 수많은 목숨들이
당산나무 가지에 시퍼런 반딧불이의 집을 지었다

뒤통수를 치다

맨 뒷자리 그곳에 앉는다
휴일 아침의 버스 안은 한가해서 좋다

맨 뒷자리
그곳에 앉아 있으면 다 보인다
과일가게의 줄무늬 수박처럼
통통 두드리면 잘 익은 이야기가
씨앗처럼 튀어나올 것만 같다
나는 자꾸만 두드리고 싶다

달콤한 향기가 코끝에 훅훅거린다

푸르른 욕망

사랑이 그립다는 말을 들었다
머리 희끗하게 피어올라 쉽사리 근접할 수 없는
세월을 뚫고 담담하게 말씀하셨다
가만히 품에 안고 사진처럼 꺼내보고 싶다며,
눈길 깊은 곳에 열일곱 청년이 어른거렸다
그 말씀의 끝에 감당할 수 없는 무엇이 목젖에 걸리는 듯
목선의 잔주름이 일순 꿈틀거렸다
체내에 남아 있는 삶의 순간들이
아직도 푸른 기운으로 솟아오른다는 얘기가
추하거나 욕되지 않게 들려왔고
나는 말 없는 침묵으로 웃음을 지어 보였다

길가 은행나무 푸르른 잎사귀로 그 말을 삼킨다
저만치 교복을 입은 여고생들의 풋내 나는
체취가 아른하게 코끝을 스쳐 간다

너의 결혼식

그리고 그날
전화를 받고 허둥지둥 어울리지 않는 정장 차림으로
너의 결혼식에 도착하였을 때

사랑은,
집에서 나서 인천 너의 식장에 가기까지의
그 거리였을까
전철 안에서 바라보았던 그 풍경
은사시나무 잎사귀 위에서 그네를 타던 너의 해맑았던 웃
음소리
그리움은
창밖에서 그렇게 말없이 서로를 지켜보고 있었던 것일까

너의 결혼식에 도착하였을 때
카랑카랑한 목소리 주례사는 끝나고 있었다
내 선뜻 알은체 못 하고 머뭇거리다가
그런 게 아니지 사랑은, 그런 게 아니지
화사한 웨딩드레스 네가 걸어 나오는 그 식장 앞에서

너의 생에 티없는 웃음을 건네며

안녕하기를, 부디 안녕하기를……

그런데 그날따라 왜 비는 내렸을까 우산 없이 하루 종일

걸었던 그날

어디선가 그도 나처럼 늙어갈 것이다*

사는 게
가끔 의욕 없을 때가 있다
그럴 때면 날짜 지난 주간지를 들춰보거나
지나간 달력의 날짜들을 셈하곤 한다
하나 둘 셋 넷 다섯 여섯……
그도 심심해지면
물구나무서서 하늘을 보다가
숫자로 셀 수 없는 그리움을 만나게 된다
희미하게 남아 있는
유년 앞뜰의 은행나무 앵두나무
담 너머로 훔쳐보았던 옆집 계집아이의
조막만 한 젖꼭지가 떫은 앵두 열매처럼
입안 가득 물기 고이게 한다
먼지처럼 쌓여가는
시간의 흔적들을 헤집으며
음표와 음표 사이 빗줄기에 섞여 흐르는
철 지난 노래를 따라 부른다
사는 게 가끔 지루해지면

감당할 수 없는 날들을 뒤섞어 빗방울에 흘려보낸다

사랑도 어디선가

나처럼 늙어갈 것이다

* 최백호 〈낭만에 대하여〉의 일부.

이층집 작은 방

한 잔의 커피와 담배가
완벽한 구도로 책상에 자리하면
향기 나는 카페인을 맡으며
벽에 걸린 카라얀의 지휘봉이 움직인다
검정 바탕에 살색으로 수놓아진
매끈한 지휘봉이 책꽂이의 시집과
거미줄 쳐진 천장을 왕래하며
숨 가쁘게 옥타브를 오르내린다
모기 파리 방바닥의 개미까지 튀어나와
흥겨운 율동으로 춤을 춘다

골목을 돌아서면 맑은 불빛이 마중을 나온다
열린 대문으로 파트라슈가 고개를 내밀며
암호를 묻는다 커피는 맥심, 담배는 디스
낯선 불청객에게 그들은 웃음을 보낸다
날씨가 덥죠
얇은 외출복에 묻은 시커먼 어둠을 털어주며
타버린 담배와 식어버린 커피잔을 건넨다

교향곡 2번 - 우리들의 삶이 정당한 이유

FM 라디오의 이쁜 음질처럼 탬버린이 울리고

나는 기타줄을 튕기며

푸새것이 연출하는 황홀한 연주에 몰입한다

자정이 되자 대문을 잠근 파트라슈는

창문을 두드리며 무도회의 종장을 알린다

긴 드레스를 벗어던진 거미가

창문을 빠져나가고 파리 개미가 연이어 떠난다

화려한 축제는 액자 속의 유리에 갇히고

안단테 3악장 시인들의 노래가 잔잔하게

흐를 때 내 작은 방의 창문을 닫으며 불빛을 내린다

그런 게 사랑 아닌가 뭐

한강에 나가 그림을 그립니다
비둘기와 잔디와 환하게 웃는 아이들
아이들이 날리는 방패연도 함께 그립니다
다정한 사람들이 나란히 걸어가는 다리 위
누군가 햇살을 뿌리며 장난질에 여념 없습니다
당신은 가벼운 걸음으로 나에게 오십니다 천리향
수줍은 향기가 풋내 나는 열다섯 소녀처럼
당신을 따라오고 나는 시샘하듯 눈을 흘깁니다
팔레트의 물감이 무지갯빛 춤을 추면 하늘은
잠시 우중충한 빛깔을 도화지에 뿌립니다
가만히 곁에 와 앉는 당신 상큼한 비누 향이
견딜 수 없는 사랑처럼 가슴에 파고들어 나는
도저히 당신의 웃음을 그림 속에 담지 못합니다
표정 하나 몸짓 하나 머리카락 한 올까지
낱낱이 내 가슴에 물들어 있지만
나는 감히 당신에게 사랑을 고백하지 못합니다
그것은 거역할 수 없는 찰나인 까닭에
눈 한번 감으면 노을처럼 사라질 것 같아 차마

사랑한다 말 못 하고, 그러나 이미 나는 당신입니다
다정한 사람들이 나란히 걸어가는 다리 위
어둠 속에서 누군가 장난질에 여념 없습니다
한강에 나가 늦은 밤까지 별을 줍습니다

그리움은 강물처럼

그가 보고 싶을 때가 있다.

내가 힘들고 괴롭고 고독한 시간이 아니라

맑고 푸른 마음에 햇살 빛나는 날

그가 빛 속에 스며와

내 사고(思考)를 순식간에 정지시켜버릴 때가 있다.

가난하고 절망스럽고 거짓된 시간이 아니라

내가 행복하고 기쁜 날

그의 웃음이 더해지고 있다는 환한 착각

그가 미치도록 그리워서

햇살에 부서지는 은사시나무 칼날에

내 가슴 섬세하게 잘려나가

말 없는 허공중에 길을 잃을 때가 있다.

그의 삶을 믿네

그가 영화 속의 악당들과 싸울 때
나는 그가 분명히 이겨낼 것을 믿네
그가 삶의 어두운 통로에서 신음할 때
나는 그가 현실에 무릎 꿇지 않을 것임을 믿네
그가 세상의 모든 바람과 맞서 싸우다
쓰러지더라도 결코 패배했다고 믿지 않네
짓밟혀도 되살아나는 풀잎의 힘을 아는 것처럼
그가 소리 없이 일어날 것을 나는 믿고 있네
그가 선이 아닌 악을 행할지라도
진정한 그의 마음속에
더 큰 선(善)이 감춰져 있음을 나는 믿네
그가 사랑하는 사람이 내가 아닐지라도
그의 대상을 질투하거나 미워하지 않을 수 있겠네

나는 그의 속에 살아 있지 않지만
그는 언제나 내 마음속에 세포처럼 숨 쉬네

맹서

한 사람만을 사랑하겠습니다
세상이 저물고
찬란한 약속이 내게 주어질지라도
오직 한 사람 당신을 위하여 꽃을 피우겠습니다
우리의 가꿔 나갈 소망들이
서로의 이기에 상처받지 않게 하며
오직 당신의 정원에서만 피어나는 하나의 꽃
변치 않는 믿음이 되겠음을 맹서합니다

한 사람만을 사랑하겠습니다
세상이 다시 시작되고
한낮의 유혹들이 내게 손짓해도
오직 한 사람인 당신을 위하여 열매를 맺겠습니다
우리들의 작은 울타리 안에
먼지와 티끌이 침범하지 않게 하며
당신을 위한 바람벽, 햇살이 될 것을 맹서합니다

사랑으로 매듭지어

당신 고운 손가락에 끼웁니다

빛나는 약속과 굳은 다짐으로 맹서하노니

오직 한 사람 당신만을 사랑하겠습니다

안녕히 계세요

안녕, 안녕하세요

내가 너의 삶에
당신이 나의 삶에게
잠시나마 머물고 싶어 하는 마음
내내 모르고 살았지만
좋은 사람,
마음을 나눌 좋은 사람이기를 바라는 마음이라는 것

집은 아주 멀리 있는데
우산은 없는데
갑자기 내린 소나기 맞으며 홀로 걷는 길
정처없이 굴러다니는 일상의 휴지처럼
안녕, 이라는 말
안녕하지 못한 날이 느닷없이 찾아왔을 때
남아 있는 이의 가슴에
인사라도 전할 수 있으면 좋으련만

익숙하거나

익숙하지 않은 휴대폰 번호로

나의 부고(訃告) 소식이 전해질지라도

허둥대거나 먼 산 바라보며 황망해하지 않기를

사는 동안 내내

무사하고 평화롭기를 바라는 마음

생(生)과 사(死) 헤어짐과 만남을 넘나드는

안녕, 안녕히 계세요

'말하고 싶은 비밀' 이 결삭은 시의 귀환 보고서

조성국

1.

아마도 "스물다섯이었던가 그때/툭 던지기만 해도 시가 나오던 시절/…(중략)…/툭 던지기만 해도 노래가 되었던 시절/혼자 불렀지만 저마다의 목청이 한 가지로 울려/그 거리 아카시아 때아닌 봄눈처럼 스크럼을 짜"던 "그땐 참 행복했"고 "일 없고 돈 궁했지만/시 한 편 써놓고 행복해서 밤새껏/읽고 읽고 또 읽고" 그렇게 "그리운 사람들/하나 둘 시 속으로 걸어 들어와/주거니 받거니 제 가슴의 애증을 풀어헤칠 때/내가 취했는지 세상이 취했는지/자꾸만 술잔 속에 고이는 눈물인지 그리움인지/꾸역꾸역 처먹어도 한없이 배고"팠던(「옛사랑」) 그런 시절이었을 것이다.

어루더듬어보면 난 그때 지방대학 정문께서 '서각'을 열고

인문사회과학이나 불온서적을 몇 권 팔아볼 요량으로 밤새껏 학습하며, 대학 교지나 신문사 등등의 기획특집에 설익은 논지를 주절거렸고, 어쩌다 가끔 대학문학상 심사도 보았었는데, 그때 만난 친구가 박봉규(박상규)였다.

"하루분의 일용할 양식을 기원하며" "주기도문을 외듯 근로자 수칙을 암송했"던 그를 나는 예심에서 떨어뜨렸다. 새파란 그의 말에 의하면 내가 그의 시를 구깃구깃 재껴 예심에서 탈락시켰던 것을, 최종 결심을 보던 고재종 시인이 휴지통에서 찾아내 당선시켰다고, 종종 눈을 흘기지만, 아무런 변명이나 대꾸도 없이 나는 그저 슬몃 웃고 만다. "허울 좋은 꼬리표처럼 달려 있는 지방대학의 명찰"을 부끄러워하며, "등짐과 망치"로 만들어 온 딱딱한 그의 나무의자에 앉아서, "새벽의 진눈깨비"와 같은 고역을 한참이나 얻어듣고는 했다.

> 사람 떠난 대기소의 낡은 십자가는 거만한 눈빛으로 대기소를 응시했고 우리들은 하루분의 일용할 양식을 기원하며 추락하는 불빛 아래 벌레처럼 웅성거렸다 인적이 끊긴 포도 위에 한 무리 파충류가 어둠의 살점을 바닥낼 때 앉은뱅이 시선의 얌전한 우리들은 주기도문을 외듯 근로자 수칙을 암송했다// 부끄러웠다 허울 좋은 꼬리표처럼 달려 있는 지방대학의 명찰 이곳에 나오면 등짐과 망치질에 닮은 육십 평생 몸뚱이가 딱딱한 의자에 기대어 새우잠을 자고 시멘트 가루에 얽은 곰보 같은 얼굴들//살아 눈물이면 죽어 극락정토라고 늘 그렇게 위안하던 장씨는 사람들 모두 팔려간 대기소의 창문을 바라본다 하

125

냥 다를 것 없는 광주천 폐수와 빈약한 가옥과 까치 한 마리.
소주 두 병만 있으면 세상이 제 것 되는 장씨마저도 새벽의 진
눈깨비는 고역인가 보다 봄이 풀리는 계절이면 일도 풀릴 거라
며 내 등짝을 어루만지는 그의 손끝이 따뜻하다 일이 풀리면
사람의 마음도 풀어지는 세상 그 세상이 올 수 있을까 참으로
그 세상이 올 수 있을까 대기소의 차디찬 콘크리트 바닥에서
새벽 한기는 꾸물꾸물 올라오고 있었다

—「근로자 대기소」 전문

  그땐 왜 그렇게 붉었던가, 먼지 풀풀거리는 얄팍한 지식이나
파는 사회과학서점의 내게, 목청 큰 소리만 귓속 가득 채우고
저 홀로 어두운 길을 헤쳐간다고 우쭐대는 이들에게 "살아 눈
물이면 죽어 극락정토라고 늘 그렇게" 힐책하던, 또는 "소주 두
병만 있으면/세상이 제 것 되는" 양 그가 내민 명함치고는 곡
절이 참 절절하였다.

  굳이 "보성강의 푸른 힘줄이 종아리 근육으로 탄탄하게 뿌리
내려/후줄근한 바지춤엔 생땀이 흘"(「산이 눕는다」)리는 향리, 그
의 삶의 원형질 절반이 "물빛 그리움으로 남아 있는", 가령 말
하자면 "보성강 켜켜이 쌓아 올린 세월을/얇은 보상 통지서와
맞바꾸던" 실향의 "보성군 문덕면 봉갑리 백사마을"(「보성군 문
덕면 봉갑리 백사마을」)을 들먹이지 않아도 "꾸역꾸역 처먹어도 한
없이 배고픈 시절"(「옛사랑」)이어서 "어머니 말없이 앉아 계시는/
토방 낮은 곳에서/하얀 목련꽃 툭 -툭 떨어져 내"리고 "아버

지의 거친 손톱 밑에는/씻기지 않은 염색약의 흔적이 남아 있고/……갑자기 젊어진 어머니를 바라보며/게으른 봄볕의 햇살 속으로 천천히 빠져"(「목련꽃 그늘 아래서」)든, 그런 누추한 까닭이 "겨울 삽화" 한 대목 같다. "목젖의 동맥혈이 까닭 없이 붉어"진다. 졸업식 마치고 태워 보내드린 나주 금천행 어머니의 "버스 뒤편으로 줄지어 따라가는 싸리 눈발/햇살 빛 받은 눈꽃 송이가 눈부시게 서러웠다". "장남이니까"(「겨울 삽화」) 자본주의에서 "전투적이지 않는 생은 도태되고 말"(「파행 시편 2」) 것이니까. 그는 평범한 길을 뿌리치고 어렵고 힘든 결정을 한다. 시장, 영업, 건축을 놓고 어찌 보면 치기였을 남다른 시작이 그의 삶을 변화시키는 계기가 된다. 전공인 사학과와 달리 건축을 선택한다. 아무런 무기가 없는 삶의 전선에서는 몸의 노동이 곧 총알이었으니까. 목수, 미장, 조적, 철근 등등 이왕이면 전 과정을 아우르는 목수를 자청하며 현장의 삶으로 뛰어든다. 목표 지향형 인간으로 변화해가는 순간이었다. 학출이 노가다 한다는 스스로의 자괴감을 떨치기 위해 꾀죄죄한 작업복 차림으로 서생의 교수들을 일부러 만난다. 상대방의 시선은 그가 어쩔 수 없는 것이지만 노동의 자존이야말로 그를 일으켜 세우는 "지향하는 곳"으로 "비상을 꿈꾸"는 일이어서. 그땐 그렇고, 그나마 그땐 시라도 마음에 두고 있어서 위로가 된 듯싶다. 말에 숨구멍을 만드는 이가 시인이라면, 시가 그의 숨구멍을 터주었다고나 할까.

지향하는 곳 어디인가 돌아보면 가시밭길 탱자나무 청아한 꽃잎 제 가시 다가가 살점을 찍고 한 점 눈물 없이 지고 있다 봄날 새떼들 웅성거려 나 너의 주검 앞에 부끄러움 고하지 못하고 눈물 내 가슴에 울컥거린다 지향하는 곳 어디인가 흩날리는 바람 그 세월 속에 겁 없는 사계가 훌쩍 지나갔고 시침이 멈춘 자명종 난장에 버려진 부속품처럼 밤마다 설움에 떨었다. 부러 너를 생각하는 날엔 구멍 뚫린 하늘에서 비가 오더라 그런 날 늙은 개처럼 밤을 쏘다니며 수척한 아침 안개를 만나고 행여 쓰러진 네 안부 들으면 뒷날까지 몸살 나더라 영영 아파서 일어설 수 없더라 너 있는 길 지척, 서역만리 내 마음 하루에도 천만 번 흔들리고 흔들리다 지친 생채기 검은 반점 암세포처럼 사방에 퍼져 나 낯선 벼랑 굽이치는 언덕 발을 멈춘다 명경지수 그 강물 세월 끝까지 닿아 몸을 유혹하고 여린 어깨 자꾸만 떠미는데 홀연, 급격히 솟구치는 강물 거친 호통소리 환영인 듯 내 면상을 갈긴다. 꺼이꺼이 울다 눈물 훔치면 어느새 고요해지는 강물 그 속에 하늘이 있고 바람이 있고 네가 있고 내가 있다 웅크린 새 되어 비상을 꿈꾼다

—「비상을 꿈꾸며」 전문

2.

그가 "지향하는 곳" "어디인가 흩날리는 바람 그 세월 속에 겁 없는 사계가 훌쩍 지나갔고 시침이 멈춘 자명종 난장에 버려진 부속품처럼 밤마다 설움에 떨"기도 하지만 그 설움에 "꺼이꺼이 울다 눈물 훔치면 어느새 고요해지는" "명경지수." "환

영" 같은 "그 속에 하늘이 있고 바람이 있고 네가 있고 내가 있"고 그가 있었다. 막연하게 안개처럼 피어오르는, 잘 다루어진 시적 어휘의 감정이지만 기다란 서사의 "파행"을 겪으며 많은 공정과 업무를 배우며 현장 사람들과 익숙해진다.

"곱게 늙어가는 사람들을 만"나고 "말을 하지 않아도/억지로 티를 내지 않아도/묵묵히 망치질하는 그 모습에서/일꾼의 참모습을 발견할 수가 있"는 그런 "참 일꾼을 만나면/그 사람이 집처럼 편안"(「일꾼 3」)해지는 참일꾼이 되어간다. 일테면 삶의 구체적인 지형도 속에서, 그러한 단면의 각본과 연결되어서 이쪽저쪽으로 뻗어 나가는 긴 이야기들이 시(詩) 속에 자리를 잡아간다. 차츰차츰 "일꾼"이 되어가는 그의 심상과 구체적인 삶의 결합이 잘 어우러지기 시작한다. 대개의 생생한 삶은 낮고 느리고, 어둡고 쓸쓸한 곳에 있듯이 그의 시가 그곳을 통과 중이었다.

　　하루 벌어 살아도 희망은 있더라/제 가슴에 꽝꽝 망치질하면 칠현의 가야금 하늘을 깨우고/각목을 관통하는 대못/가뭄에 탄 껍질 뚫고 연한 속살 덧니처럼 삐져나와/숨 가쁜 몸짓으로 발목을 붙든다/햇살은 기다린 자의 몫으로 청아하고/한 장 한 장 벽돌을 쌓다 보면 그 위에 앉는 사랑/아무리 모진 사람이라도 벽돌 위에 얹히면 애련하게 떠올라/흙손으로 꾹꾹 눌러 그 사람 생각하며 집을 짓는다 /고운 모래 더미 고인 눈물 버무려 미장질하면/튀어나온 생채기 흐르는 강의 표면처럼 흐르고 흘러서/우리 저마다 아름다운 석양빛으로 물들어가면 /편안한 저녁 일꾼들 모두 돌아간 현장에/그네들의 애틋한 사랑이 고여 천천히 몸을 말리는 생채기/아무리 모진 세상일지라도 따뜻한 집 한 칸 남기며/갈 곳 없는 멧새들과 별빛의 안식처가 되어도 좋으리니/하루 벌어 살아도 가슴 저미는 설렘/철근 같은 희망은 부러지지 않더라

—「일꾼 1」 전문

"가슴 저미는 설렘"과 같이 "햇살은 기다린 자의 몫으로 청아하고" 그렇게 "한 장 한 장 벽돌을 쌓다 보면 그 위에 앉는 사랑". "아무리 모진 사람이라도 벽돌 위에 얹히면 애련하게 떠올라/흙손으로 꾹꾹 눌러 그 사람을 생각하며 집을 짓는다" 하여 "일꾼"의 연작들이 더 눈여겨 보인다. "아무리 모진" 세상일지라도 "따뜻한 집 한 칸 남기며/갈 곳 없는 멧새들과 별빛의 안식처가 되어도 좋"고 "하루 벌어 살아도" "철근 같은 희망은 부러지지 않더라"는 삶의 두께를 보여주면서 시의 장치를 곱고 반듯하게 "미장질"하듯 부리기에는 결코 쉽지 않았을 터인데, 그것은 견실한 숙련의 과정을 통해서만이 가능한 일일 것인데, 참 열심히 시를 갈고 닦은 모양이다.

마치 "박공벽을 버티는 타워크레인, 난간에 매달려/철사를 조"이고 "솟아오를수록 아득한 벼랑/더 아득한 지상 한 자락 바람 불어도/몸이 떨리던" 봄날의 그때, "낙하하던 한 마리 새 기억은 붉은 꽃잎으로 남아/열두 자 통나무에 해마다 송진 묻어나

는데/일꾼은 죽어서도 집을 짓는 것일까/신기하기도 하지 난간
에 서면/공중에 생겨난 일꾼들의 집이 보이는 듯하다"(『일꾼 2』)

이게 다 "눈 닿는 어느 곳이나 상처"(『일꾼 7』)이지만 "땅속에서
지상으로/지상에서 하늘까지 집을 짓는"(『일꾼 9』) 일이었다. "참
일꾼의 본성은 사라지지 않는" "무너진 축대를 보면/견디지 못
하는,/고치지 않고 못 견디는/그곳이 설령/자본과 권력의 심장
부라 할지라도/그보다 더한 음모와 술수의 핵일지라도/중심으
로/꿋꿋하게 버팅기는/일꾼은 어디서든지 일꾼이다"(『일꾼 10』).
그렇게 참 일꾼이 다 되어가는 그를 잠깐 엿보며 내가 혹시나
놓치고 회피해버린 참다운 일꾼이 없었나, 자꾸 두리번거리며
되짚어보기도 한다.

3.

지방의 현장 일당 4만 원이 일당 11만 원이 되는 변화무쌍한
도시 서울, 일테면 초짜의 잡부가 숙련의 기술자가 되어가는
그곳에서 보증금 1백만 원에 월 11만 원인 가리봉동에 거주하
며 새벽 5시부터 6시 30분까지 지금은 기억도 나지 않는 시장
에서 짐을 옮겨주는 일을 하고, 또 오전 7시부터 오후 6시까지
목수 일을 하고 저녁 8시부터 10시까지 국어 선생을 하며 늦게
까지 시(詩)의 공장을 돌렸다지만. "아아—흠음—아 흠/아—아—
아/아/흠흠 아— 쿨룩/아— 아/아//도 레 미 파 솔 라 시 도/세

월이 간다"(「화성법」)는, 또 그렇게 세월은 간다지만. 그 세월 역시 만만치가 않았다. 그 녹록지 않은 세월이 저지른 "파행"을 그는 엿보고 엿듣기도 한다. 저지르기도 한다.

 "희망이 절벽이던 시절,"(「파행 시편 1」) "일요일엔 언제나 포르노를 보았"고 "난민 수용소의 애늙은이처럼 폐수 같은 침 질질 흘리며 휴일을 견뎠"고 "침묵은 유일한 놀이였"고 "몹쓸 놈의 세월, 목숨을 담보로 단장의 미아리고개 서른의 고갯길로 자박자박 걸어갔"고 "모두들 끌려"(「파행 시편 2」)갔지만 "철시한 셔터문은 끝내 열리지 않았고/아무도 문 열어주지 않는 신년 망년의 거리/우리 살아갈 생을 서둘러 잊어버"린 파행, "불 켜진 가등으로 새카맣게 몰려드는 날벌레/수천수만의 열망이 발아래 주검으로 장사진을 치는데/나 그만 돌멩이 힘껏 던져 깨뜨려버"리는 "깜깜한 세상/그제서야 진정한 밤이" 되어서 "왱왱거리는 속삭임과/은밀하게 이뤄지는 모반과 따뜻하게 아름다운 반역"의 그런 파행. 또 "세상은 변한 듯 변하지 않았고 나 또한 변하지 않았지만/날카로운 얼음송곳으로 서로의 상처 난 부위를 찌르고 있었"고 "주사기로 연명하는 식물인간처럼 링거병에 담겨진 햇살이 툭 툭 살 속으로 떨어졌"고 "한 발 제겨딛는 걸음마다 또각또각 정강이가 부러지고 날카로운 과도로 얼음기둥을 조각하는 동안"(「파행 시편 1」) "지나가는 세월의 엉덩이에 무심코 통침을 박았"고, "그러한 어느 날 하나님은 날카로운 기계톱으로 내 손목을 절단하셨"고, "회전의자에 앉아 선

굵은 도장 꽝꽝 찍는 당신의 거드름. 거드름 속에 감춰진 온화한 권태 쭈글탱이 거렁뱅이에게 동전 한 닢 건네며 때로 세상은 살 만한 것이지 용기를 내시오 무언의 침묵으로 선민을 강요"(「파행 시편 3」)받는 파행을, "아무도 눈여겨보지 않는 골방에/햇살, 햇살 가끔 쏟아졌지만 구걸하듯 받아먹었지만"(「파행 시편 1」) 그런 파행의 "고통"이 "평등"하게 아름다워지길 간절히 바라기도 한다.

> ……유난히 별이 밝았고 발등에/찍히는 까닭 없는 눈물 나도 돌아가지 않을래/세월은 그림자를 띄워 우리를 감시했어/이단의 밤 우리들의 잠은 허용되지 않았어/아무도 눈여겨보지 않는 골방에/햇살, 햇살 가끔 쏟아졌지만 구걸하듯 받아먹었지만/한 번 어긋난 길은 복구되지 않았어/더더욱 마음의 벽은 깨트릴 수 없었어 가끔/추억의 바람 속살 깊이 젖어올 때면 뿌연 담배 연기/바람은 더욱 차가웠어 하지만 평등한 고통은 얼마나 아름다운가/우리 서로의 낮은 패를 훔쳐보며 낄낄거리며/죽어버린 한 시절을 보상받곤 했었지/누가 알아 치열한 삶일수록 밑바닥을 향한다는 것을/누가 알아 우리들의 거친 열망 지속적인 파행의 밤을
>
> —「파행 시편 1」 부분

"누가 알아 치열한 삶일수록 밑바닥을 향한다는 것을/누가 알아 우리들의 거친 열망 지속적인 파행"을, 그 파행의 또 다른 파행을 줄곧 차가워하지만 "평등한 고통은 얼마나 아름다

운가" 아름다울까? 되묻는 역설의 파행을 겪으며 심히 앓는다. 시장에서 일을 마치고 현장으로 이동하던 지하철 통로에서 휘청거린다. '이러다 죽을 수도 있겠구나' 싶어 시장 일을 그만두고 학원 강사도 그만둔다. 다만 목수 일과 시 공장 운영에는 성심을 다한 듯싶다. 하여 신춘문예 전국 제패를 꿈꾸며 중앙지, 지방지 몇 군데 투고도 해본다. 최종심에 이름이 들먹여졌으나 당선 전화는 모 지방지에서 왔다. 거기 심사를 담당했던 유수한 중앙문예지 편집위원의 투고 제안을 받기도 하였으나, 내심 고민한다. 까닭은 "가난한 집안의 장남으로서 작가의 길을 갈 수 있을까. 당연히 갈 수 있었겠지만, 그의 선택이 스스로에게 가치 있을지라도 그의 주변에도 가치가 있을까" 하는 딜레마에 빠진다. 그가 갖고 있는 가치관, 개인의 욕망이나 바람보다 주변을 살피고 배려하는 공동체적 가치관이 잘 드러나는 대목이다. 목수인 그가 모든 공정을 도맡을 수 있는 위치까지 성장했음에도 업자들은 일을 맡기지 않는다. 나이가 너무 어리다는 이유. 그것이 마음을 더 조급하게 만든다. 원고 투고를 제안하셨던 분께 죄송스럽게 말씀을 드린 그는 절필하듯 시의 길을 벗어나 주변인으로서의 삶을 시작한다. 그리고는 정규적인 제도권의 그저 평범한 일상으로 돌아가고자 한다. 6개월의 학원 교육과정을 거쳐 월간지와 신문을 발행하는 회사에 입사하였지만, 서울 생활 5년차의 창작글과 취재글은 영 다르다. 돈 받기 위해 쓰는 기사는 매우 재미가 없었다. 지하철

2호선에서 신문지를 펼치는데 서울에 본사가 있는 호남 지점 인원을 모집한다는 제약회사 영업부 입사공고. 무엇인가를 이루기 위해 올라왔던 상향의 서울에서 광주로의 귀향을 계획하며 "자기소개서"를 쓴다.

이날 이때까지 살아오면서/남한테 책 잡힐 일 하지 않았고 궂은 소리 한 번 듣지 않았습니다/만나보시면 아시겠지만/세상은 이 사람처럼 살아야겠구나, 하는 생각이 들 정도로 선한 사람입니다/요즘에야 인상 좋은 놈 치고 사기꾼 아닌 놈 없다지만/안목 있는 사람이라면 훌륭한 직장에 근무하시는 분이시라면/참 사기꾼과 거짓 사기꾼은 금방 가려낼 수 있을 거라 생각됩니다/흠이라면, 지방대학 그것도 사립대학/사학과를 나왔다는 별것 아닌 꼬리표가 졸졸 쫓아다닌다는 것입니다/저는 자랑스러운데 자랑스러워서 떠벌리고 다니는데 졸업식 날/어머니는 자랑스럽다고 눈물 펑펑 흘리셨는데/세상의 잣대로 보았을 때/저의 이력은 결코 떳떳하지 못한가 봅니다/아무쪼록 머릿수 떨궈내는 식으로 채용하지 마시고/사람 보는 눈으로 사람다운 눈으로 귀사의 인재를 뽑기 바라며/짧은 자기 소개서를 마치고자 합니다 감사합니다

—「파행 시편 2」 부분

목적은 다른 곳에 있지만 내려가려면 금의(錦衣)는 아니더라도 새물내 풍기는 옷쯤은 걸치고 가야 되니까, 나름 열심히 준비하며 면접에 응했고 긍정적인 결과를 고대했으나, 결과는 탈락이었다. 푸르디푸른 청춘의 자신감과 귀향해야겠다는 절박

함이 동시에 작용했던 까닭일까. 대중적으로 알려진, 이름만 대면 알 만한 회사였지만 어떤 제품을 생산, 판매하는 곳인지도 모른 채 무작정 해당 회사 인사과에 따지고 든다. '열심히 하려고 하는데 왜 떨어뜨렸습니까.' 무척이나 황당하였겠으나, 한편으론 "사람 보는 눈으로 사람다운 눈으로" 그의 패기의 의지를 높이 샀는지는 몰라도 아무튼 그러한 과정을 거치며 우여곡절 끝에 입사하게 된다. 호남선 기차에 탑승하게 된 것이다.

4.

그는 기차를 자주 적는다. "길을 잃"고 길을 몰라서 "길을 묻는" 것이 아니다. "한 번 떠난 사람들은 발자욱이 남지 않고 두 번 떠난 사람들의 발자욱은 가슴에 묻히고 세 번 떠난 사람들은 다시 돌아"온다고 하는 "총총, 저들은 또 어디로 가는 걸까요"(「기다리는 날」) 스스로 묻는 것이 몸에 배어서 항용 열차를 기다린다. "버리고 버리며 한 자락 부표처럼 떠돌며 떠돌아도" 그는 "잊지 못해" 그가 "살아온 날 버릴 수 없어 칭칭 고무줄로 동여매면" "썩지 않는 그리움"이 "끝내 되살아나 맑게 맑게 청아한 꽃잎으로 피어날 것"(「걷다 보면」)임을 알고 있음으로. 역에서 기차를 기다리고 기차를 탄다.

늘 그만큼의 거리로 우리는, 말이 없었다 같은 눈높이로 세

상을 보았지만 그림자 사이에도 벽은 있고 튕겨지는 저 햇살
고운 햇살에도 벽이 있다 불현듯 호흡이 가빠져 서둘러 그를
쫓아가지만 희망은 저만치 앞서가는 안산행 열차인 것이다 그
가 오면 안산행이다 햇살에 눈부시고 눈부신 설움 햇살에 튕겨
나간다 눈 쌓인 가리봉역 그의 언 발을 녹일 때 그는 가볍게 목
례를 보낸다

—「안산행 열차를 기다린다」 부분

저마다 제 가슴의 징표를 하나씩 새겨두고/어딘가로 떠나서
잊을 만하면 다시 찾아옵니다/2호선 신도림역과 5호선을 잇는
갈아타는 곳/누구도 막지 않고 아무도 붙잡지 않는/서울시 양
천구 까치산역에 가면/꿈을 찾아 길 떠나는 새떼들의 몸짓이
있습니다

—「까치산역」 부분

표제의 지명인 "안산"에 대해 물은 적이 있다. 표제에 지명
을 넣는 것이 누군가에게는 기쁨이기도 하겠지만 또 다른 이
에게는 상처가 될 수 있음을 얘기했다. 작가도 편집자도 특정
지명을 넣는 것에 대해 독자들의 상상력을 저해하는 것이기에
피하는 사례가 종종 있다. "그냥. 안산에 대한 특별한 인연이
나 기억을 갖고 있지는 않아. 다만, 사람 사는 곳에는 늘 상처
가 있고 치유도 받으면서 희망을 향해 가는 거잖아. 형님도 있
지 않아. 마음에 깊이 새겨져 있는 사람이나 지명. 가령 이상향
같은 것. 예전 나 서울 살 때는 안산이 지하철 4호선 종점이었

어. 사는 동안 종점에 대한 기준이 바뀌기도 하겠지만 어쨌거
나 종점으로 향해 가는 열차를 기다리는 거야. '안산행 열차'는
그런 개념이야."

　그가 기차를 기다리며 때론 기차를 타는 것은 "저만치 앞서
가는" "희망"의 "열차인 것"(『안산행 열차를 기다린다』)이고, 또 "꿈
을 찾아 길 떠나는" "몸짓"(『까치산역』)인 것이다. 역 "한 켠에 진
열돼 있"(『가리봉동을 걷다 2』)는 "그리움"인 것이다. 물론 그가 "가
리봉 전철역에서 열려라 참깨를 세 번 외치면 세상의 문은 온
통" 그 "발아래 무릎을 꿇을까" 하는 공상의 파행을 저지르기도
하며 혹은 "하오 2시 신도림역, 권태"를 "당당하게 무임승차"시
키기도 한다. "일간지의 비통한 기사 근육질의 스포츠신문에
파리"를 앉히며 "순환 2호선 눈빛이 마주치는 당산역에서 눈
맞은 중년 철교 중간에서 위험한 곡예를 탄다". "한 아이 게슴
츠레 눈을 빛내며 따라간다". 따라가면서 "객차의 문을 발로 차
며 하모니카 울린다. 중세의 성직자처럼 면죄부를 내밀며 곡
조 슬픈 노래 찬송가처럼 부른다. 콘크리트 벽처럼 단단한 유
리벽 이중 방음창을 굳게 닫는다. 불륜을 묵인한 장님 아닌 사
내 휘파람을 불며 간다. 킬킬거리며 파리가 웃는다. 정적을 깨
우며 스피커가 울린다. 출입구가 열리고 공장에서 생산된 복
제품처럼 더 넓은 아가리 세상 속으로 뒤뚱 떠밀려 간다. 뒤뚱
뒤뚱 떠밀려"(『파행 시편 3』) 가며 위악을 부린다. 그렇지만 절대
"후진"하는 법이 없다. 다시 말해서 그가 기차와 역을 자주 불

러온 것은 유목하는 비정규적인 삶의 노정에서 이탈하며 빚어
진 정주의 발로가 아니었을까, 어림짐작해본다. 호남선 기차
를 타는 것도 마찬가지이었을 것이고. 정규적인 정주를 누리
기 위한, 누리면서도 가끔은 이런 "생채기" 앓았던 흔적을 가슴
한 켠에 오롯이 새겨두기도 한다.

> 몸에/시의 문신을 새긴 적이 있다/날카롭게 서 있는 세상에
> 미쁜 꽃 한송이 피우지 못하고/남몰래 시의 문신을 새긴 적이
> 있다/그리고 사랑이 지나갔다 노래가 머물다 가고/못 잊을 시
> 절들이 은유의 문장으로 스쳐 가곤 했었다/제 살을 찌르며 가
> 시나무가 자랐고/울지 않기 위해 더욱 단단해지기 위해/갖가
> 지 생채기 그리움으로 달래며 꽃 피우려 했던 날 몇 날/밤새 엮
> 어놓은 은하수 아침이면 물기 없는 조화가 되어/새까맣게 타
> 버리고, 아득하여라/저 홀로 울고 웃으며 그 밤에 띄운 편지들
> 은 하늘 어디쯤에 이르렀을까/낯모를 곳에서 내 몸의 체온이
> 누군가의 따뜻한 옷이라도 된다면/나의 시가 시지푸스의 언덕
> 을 내려와/세상과 손 마주 잡는 날/풍금을 연주하듯 세상의 희
> 망을, 꿈을 건드릴 수 있으리니/멀고도 먼 길 서툰 몸짓으로/
> 청춘의 한 시절을 시와 함께 살았다
> ─「시의 문신을 새긴 적이 있다」 전문

그런, 못다 한 흔적을 "문신"처럼 새 두었다니, 그런 "생채기"
가 "은유의 문장으로 스쳐 가곤 했"다니. 참 아프다. "찬 거리에
서 바람처럼 헤매다/문득 찾아든 이름 없는 술집/연탄난로가

훈훈하게 피어오르고/낯선 사람들/검붉은 얼굴로 손을 내밀며/서로의 안녕을 물어주고/빈 주머니에 뜨거운 소주 한잔/말없이 건네주는 촌부의 손등처럼/그렇게 따뜻한 얼굴의 시를 쓰고 싶"은 일이기에. "술잔에 취하면/마주 앉은 사람에게 가슴을 묻으며/사람에게 취하면/끝없는 믿음의 노래를 합창하"는 일이기에. "지글지글 끓어오르는/난로 위의 국밥처럼/우리들의 노래가 희망이 되고/그 노랫가락이 울려 퍼져/어두운 거리의 빛으로 깔리는 날이면/사람의 응어리가 봄눈 녹듯 사라지고/저마다 따뜻함에 취하여 눈물을 글썽이"며 "내 살아 있는 그날까지/사람의 몸을 어루만지며, 껴안으며/따뜻한 마음으로 글을 쓰고 싶"(「당선 소감」)은 일이기에, 나도 적이 아리고 저민다.

그가 자신의 삶을 흐트러뜨리지 않으면서도 타인의 삶을, 우리 사는 세상의 공동체 구성원인 사람의 선(善)함을 추구하며 살아온 것이라서 그렇다. 이상과 현실의 험난한 줄타기를 하면서도 내내 그렇게 살아온 삶이어서 더욱 그랬다. 그동안 봐왔던 사람들과는 다른 유형의 인간이다. 하여 "높고 낮은 곳을 떠돌다" 오래 묵어 결삭은, '말하고 싶은 비밀'과 같은 시의 귀환에다 군말을 더 붙일 여력이 내겐 없다.

이제서야 "삶의 모든 순간들이/빛날 수는 없겠지만 사는 동안 한순간의/빛도 허용 받지 못한 수많은 인생들의/고단하고 외롭고 쓸쓸했던 뒷모습에 따뜻한 눈빛이라도 보내고 싶"(「시인의 약력」)은 그가, 또한 그렇게 살아갈 것이어서 그렇다. 무릇 시

인이란 제 자신의 말길을 열어, 세상의 물길과 숨길과 은밀히
소통하는 자이므로 나는 그의 "희망"에 가만 귀 기울여 들을 수
밖에 없다.

> 나//죽는 날//애 썼 다, 하시며//개근상 하나 주신다면 좋겠다
>
> ─「희망」 전문

趙成國 | 시인